爱上一座城

曾建梅 著

中国华侨出版社

目录

牧 歌

风 情

牧　歌

这十几年里，有无数离开的理由，我竟然都没有离开。或许正是这座城市某些角落尚存的慢悠悠的气质还吸引着我，庇护着我，不必被推搡被裹挟着，步履踉跄地往前赶。

爱上一座城

一

很多年前，我拖着拉杆箱，挤上了从成都开往福州的火车，那时我并不知道将要去的城市究竟什么样，也并不知道那里会成为我的第二故乡。

火车是个浪漫又世俗的所在，从车窗外尽可以像观众一般置身事外地观看匆匆掠过的真实风景，又可以置身其中，在每个站台停靠的间隙捡拾片段记忆。从成都到福州道路漫长，无尽的黑暗隧道，轰隆，轰隆，像被切割的昼与夜，我睁着双眼，努力想看清我所经过的一切，甚至有种不愿到站的懒散——就这样安稳地坐在车厢里，看一辈子风景，不去想如何面对到站后的改变和惊慌失措。

不愿到站，但火车终归要停。

四十几个小时的明明暗暗，终于换来了车厢中的骚动。在凌晨四点的车厢中，一车的旅客都被叫醒，过道的灯亮起来了，大家开始翻上翻下整理行李，将熟睡中的孩子叫醒。甚至有人已经拖着行李站到了过道口，等着车门打开的刹那冲出去。

仿佛是为了给大家一个缓冲的时间段，哐哧哐哧的铁轨摩擦声一点一点地放慢，渐渐停止了——终于要结束这一路的摇晃与颠簸，天也开始由黑而灰，亮了起来。

福州，就这么进入我的记忆。

二

　　第一眼见到的福州城实在叫人失望啊，北郊那些低矮丑陋的灰砖小楼，胡乱牵扯在一起的高压电线，狭小凌乱的火车站台，都在告诉我，这不是你想象中的滨海城市啊！

　　阔别多年的表姐来车站接我，那时候她还丰腴有韵致，穿一件黑色的鸡心领毛衣，在出站口兴奋地大声叫我小名，烟嗓与豪爽的笑声，记忆深刻。

　　起初借住在表姐家里。经常陪她去楼下的蓝天超市买回大包大包的蔬菜、猪肉、鱼肉。然后通通堆在地板上，一边抽烟一边摘菜。她每天要准备好多人的饭菜，有的是她先生店里的员工，有的是生意好友，经常一拨又一拨的人来家里吃饭，称赞她的水煮鱼、凉拌鸡块做得地道。饭后残羹冷炙，一片狼藉。我惊异于这个曾经东奔西跑不可一世的魔女是如何被生活驯服的。有人说爱一个人就是陪他吃好多顿饭，她为这个男人煮了十几年的饭以后却分开了，离开了福州到了邻近的另一个城市，而寄居的我倒在福州留了下来。想想，很多事情难测。

　　刚来福州的半年里，我辗转于各大招聘市场。仍然记得在温泉路会展中心的招聘市场里瞎转悠的情景。买一张门票5块钱，进去后一个摊位一个摊位地推销自己，但这样的招聘市场所能提供的职位无非是推销员、服务员、房产经纪人一类，明知道有的简历递出去也是枉然，但仍然不停地复印简历，不停地接受买家的挑拣。以至于后来有了稳定的工作，稍有厌倦之时，便会想起曾经的迷惘，再去招聘市场转一圈，就会打消炒老板的念头。

由于一时没有找到合适的工作，我曾经独自闲逛到火车北站的广场上呆坐半天。买一份报纸，看着上面的招聘专栏，和一群陌生的旅人如同丧家狗一般挤坐在火车站广场前的花台上。那一刻心情却出奇地平静。看着和我一样飘零的众人，觉得这就是人生。又觉得自己是个灵魂出窍的旁观者，看电影一般地看着众人与我呆坐无语。"剧中人总会有他的命运，时间会安排好一切。"仿佛听到有一个声音对那时候的自己说。

三

有时候记忆会突然跑回来，在去上班的路上，在清晨醒来的发呆时间，没有来由地。十几年间的人和事会跑回来，然后就是一大串，一大串。

曾经有一段时间,在福州工作实在很不如意。远在西安的闺蜜在电话里满是担忧和心疼。"你来吧,我养你。"那个在成都曾经一起挤在狭小的出租屋里的小个子女孩,她靠着自己在西安的打拼已经可以庇荫我了。而我感动之余,却总心有不甘。拿着她汇过来的几百块钱,在火车北站的售票窗前踌躇良久,又莫名其妙地退了出来。总有一个声音在内心说,再坚持一阵吧。你会找到你的位置,在这个城市。

后来陆续在广告公司跑业务,和另一个女孩儿骑着单车去往软件园。那个坡真长啊,持续地上坡,仿佛永远走不到头。车胎爆了,两个人烈日下推着车走了半个小时,为了一笔三百块钱的业务。又有一次被一个长乐的老板忽悠到三明极其偏僻的工厂,却连回福州的路费都未发……换了无数不靠谱的工作之后,在时间安排下,我看着自己勇敢地敲开一家报社的大门,诚实而恳切地向主编推销自己。时间看着我在苦苦等待之后如愿以偿,获得了这份工作,并告别以往莫名的恐慌不安,在这份职业上坚守着,一晃十二年。

四

我后来常常想，是什么原因让我留下来。

有一天，陪表姐在厨房准备午餐，她一边炒菜，一边把香烟吸一口又放到灶台边。我很好笑地看着她。突然感到一阵沮丧。走出狭窄的厨房，我站到餐厅那边，把她家沉重的茶色玻璃推窗狠狠地推开。望出去，竟看到远处一围青山，浓浓淡淡地交替着，就在离你很近的地方。我疑心：是看错了吗？我在成都生活的那么多年，从来没有在城里望见过山峰。这感觉太奇妙了。我仍疑心是看错了。再次认真地向外望，那远山就像海市蜃楼一般。那是我第一次感动于这个城市独特的格局。后来我知道那山峰是鼓山，以及北峰连绵的山脉，是在一次次的求职失败之后，无聊至极，跳上一辆公共汽车，坐到终点又坐回原点。有一路车的终点是鼓山，我下车后随着游人，登上了那座山。那是一次偶然的奇遇，和生命中众多的浑浑噩噩的奇遇一样。

后来搬到仓山。

第一次坐 20 路车从市区往仓山走。过茶亭，两边的骑楼和纷乱的小店铺里挤满了黑压压的生意人。文具店，乐器店，皮货店，婚庆用品店，银器手工作坊，一家挨着一家；拉车的，进货的，瞎逛的，堵成一团。车子要从人群中费劲儿地一点儿一点儿往前挪，几乎是要擦着街上行人的衣角了。但行人神色从容，对于这机械的庞然大物一点也没有要避让的意思。

车过苍霞。越走越偏，两侧是陈旧的两层小楼。道路两旁的榕树、樟树枝叶横生，从公交车的窗玻璃上拂过，仿佛是上个世纪的街景。我疑心是坐错车了，到了郊区。歪歪扭扭地挤到前座问公交车师傅，这是去仓山的路吗？司机斜我一眼，当然是了。

车过闽江，从苍霞到三县洲，绕了一个大弯，又沿着闽江走回仓前路，我回过头看，绯红的落日倚在那竖琴一般的三县洲大桥上，火烧云铺满了整个江面。我看到桥上有人走着走着停下来，面对着江面发呆。

五

知道我是四川人，便常常有人问我，你怎么会来福州呢？他们大概也奇怪，不是该去北上广深吗？怎么会来福州啊？我也奇怪。是什么缘分让我选择福州呢？如果说离开成都是一种逃避，到福州则是一个没有任何选择与筹划的偶然之行。说走就走。我一面惊异于那些年的茫然，一面又怀念那时候的勇敢无畏。

想起刚来福州的那几年，跟朋友流连在南后街、上下杭的日子。大概没有哪个城市像福州这样，繁华与破败那么紧密地相依并存。刚刚看过"东百"专柜里面贵得咋舌的洋装、口红，转角拐进南后街那些低矮的小门脸，就能买到时尚又便宜的地摊货；而就在离繁华的中亭街几米远的上下杭街区，你总能看到三三两两的老依姆穿着背心裤衩坐在棚屋门口悠闲地晒太阳——这就是福州的节奏，快与慢如此泰然地并行着，谁也不去打扰谁。直到近几年，福州城市建设才开始飞速发展，南后街、上下杭陆续换了新颜，但存在于城市深层的气质和节奏却不是一天两天可以被改变的。

这十几年里，有无数离开的理由，我竟然都没有离开。或许正是这座城市某些角落尚存的慢悠悠的气质在吸引着我、庇护着我，不必被推搡被裹挟着，步履踉跄地往前赶。天长日久，你便像是一棵小小的榕树，盘根错节地扎进这土壤，想离也离不开了。

十二年间，无数次来往于福州和成都之间，如果有回放，总能看见一个个子小小的女生拖着沉重的行李箱进出车站的样子。就像几米的漫画，那个赶火车的女孩从形单影只慢慢变成二人行、三人行，而她身后的城市背景也在不停地生长、变化，有的拆掉了，有的变成高楼。

六

2014 年七月，从成都到福州的动车开通，原本 44 个小时的旅程，一下子缩短了一半多。福州与成都，从"榕"城到"蓉"城，真正可以做到朝发夕至。对于像我一样两地漂泊的游子来说，故乡和福州之间的距离大大地缩小了，我可以更加自由地来往于两地之间，少了以往远行的踌躇与计算。

暑假带着孩子一起回了外婆家。归来时我们照样选择了动车——跟穿云透雾的空中飞行相比，我总觉得列车沿着一寸一寸土地上开过的路程才是真实的，这才能叫旅程。一路上，隔着窗户看那些崇山峻岭，那些不规则的河流，那些裸露的山梁，以及广袤的田野，每一帧匆匆掠过的画面都似曾相识，都是这些年两地间来来去去的见证。

以前特别害怕在车站候车时人潮汹涌的时刻，扛着大包的，提着大箱的，都不住地往前挤，生怕自己是被落下的那一个，裹挟其间，个人变得特别无助和卑微。而这一次，当列车平稳地滑进车站，列车员通知大家到站的时候，内心再也没有了当初刚来福州时的惶恐不安。牵着儿子一下站台，望见灯箱上的"福州站"几个字，竟有强烈的亲切和安稳涌上心头。到站了，有一个人在前方等着接站。

回望身边拥挤的人潮里，又有多少和我一样曾经张皇不定的过客，如今都变成了归人？

七

十几年的漂泊终于有了落点，在这个城市密密麻麻的高楼里，终有一扇窗户灯光为我点亮。

站在居所的阳台上一眼可以望见一截废弃的铁轨。那是曾经的福州火车东站。虽然未曾感受过东站运力繁忙的时候，但对于远离故乡的人来说，铁轨总有一种说不出的亲切感，仿佛顺着铁路延伸出去，另一头便可到达故乡。于是常在周末午后不由自主地散步到东站的铁轨上，看那些曾经雄赳赳气昂昂地来往于祖国大江南北的火车头，如今像年迈的老人，枯坐其中。这些锈蚀的火车头像经历了一个世纪的沧桑，有些落寞地守在那一截铁轨之上。

年轻的恋人们也喜欢来这里散步，他们相牵相扶着，两脚交替踩在铁轨上，如果此时有落日，如果此时把双臂打开做出要飞的样子，那画面倒也充满了偶像剧的即视感。可是不免总让人想到海子——这铁路啊，既是制造甜蜜的地方，也是让人伤心的地方。

空旷的铁路，疯长的狗尾草，已经停滞的火车头和废弃的铁轨总让人忍不住凝目遐思。而不远处即是子弹头般滑过的高速动车和三环高架桥上飞驰的车流，这一切都是这个城市的昨天和今天，也像你我曾经经历过的昨天和今天。过去的时光并没有消失，在义无反顾地往未来飞奔的路上，我常常忍不住停下来回望，那些风景，那些人，那些来路上与我擦身而过的令人动容的瞬间。

一座城，因为有了这些充满母性的榕树，也具有了更为宽广的城市襟怀。

"住在树上"的日子

从来没有想过有一天会"住"在树上。这棵大榕树的枝丫已经蔓过四楼的阳台，几乎要往窗内延伸了。你能想象吗？每天早晨睁眼看到的就是窗外的一团绿云，那么近，触手可及；那么多，满眼看不完。若站在阳台上往下看，可看见树的枝干像一个托盘，我则住在了她某一个分权上，与万千鸟儿为邻。它们自由地飞来飞去，自由地停落在某一个枝丫上，左顾右盼，或唱上两句，遇到心情好，会听得出两只鸟儿的应和与爱慕。

我自认为是一个安静的邻居，虽是不速之客，但它们似乎对我的到来并未表示不满，仍旧保持着原先的调子。而我也是称职的听众和观众，尤其是早上五六点被它们叫醒的时候，也从未心生怨言，就搬个椅子，拿本书做掩护，偷听它们清晨的练习。除了喜鹊和麻雀，好多叫不出名字的鸟儿，尤其是一种尾端托着两条长翎的鸟儿，我把它封为这个世界的小凤凰或者天堂鸟——鸟类专家一定在旁偷笑——当它突然从树顶倏地蹿出，两条美丽的尾翼像神话里"飞天"的云袖一般掠过天空时，你真会感叹造物主的神奇。"惊鸿一瞥"这样的词就是为它创造的。这种鸟我曾在永泰的山林里见过一次，在我窗边的榕树上惊现，不得不说是种恩赐，看见的那一天，一定是幸运日。

　　榕树上会结出一粒一粒小小的籽，圆圆的，豌豆一般，从绿到黄，干枯坠落，这数量太多，稍有风起，便听见噼噼啪啪砸落到地上爆裂的声响，如夏天暴雨初至，不很密但很重很大的雨滴。即使是春天，一早起来，阳台上也会铺满满的一地，圆圆的树籽和着落叶，踩上去啪啪响。儿子多么爱，故意在我扫的时候跳来跳去，不知疲倦地重复着这破坏性的把戏；那圆圆的豆子一般的树籽很难扫，一扫就溜溜地往四方滚，一扫就滚，调皮得很。有时候索性不管它们，撒在地上，让儿子玩去。儿子说，这也是榕树的儿子，也喜欢跟我们玩儿呢——那它的妈妈听到这话不知道是高兴还是不高兴。

作为这树上唯一外来的居民，总是怀着一种谦让的心情，甚至电脑都少开，更别说音响了。这样才不会打扰到这儿的原住民吧，不然它们的叫声中一定会有抱怨跟数落！

住久了，我发现，树上的居民们居然和我一般的作息时间——晚上十点以后几乎就安静了，没有鸟叫声，树枝也静止下来，尤其路上的车流少了，街灯暗下去，榕树也是一副沉静入睡的深绿色彩。而早上五六点我们醒来的时候，它们似乎也刚醒一会儿，我甚至很确定每天的第一声鸟叫都被我装进耳朵。而树的颜色也换成新绿，嫩嫩的，翠翠的，发着光。

从这个角度看树下来来往往，匆匆穿梭的人们——背着书包上学的孩子、奋力蹬着脚踏车的上班族，还有一掠而过的汽车，觉得好可怜，我这才想起，鸟儿们都是这样俯视人类的呀，它们心里一定对陆地上的人类充满了不解跟怜悯吧？

有了树的屏障，我便可以在阳台上弯腰曲背，拍手，踢腿，甚至做各种奇怪的动作，而不必担心五尺之外的阳台上投过来的奇怪目光，更不必担心鸟儿们的议论，多自在。

榕树真是"妈妈树"，她的姿态不像白杨一般直直地向上发展，也不像杨柳一般娇柔妩媚，"亭亭玉立""摇曳多姿"这些词都跟她没关系，这些是形容少女的，她总是拼命地扩大树冠，姿态总是宽容和接纳，你看她每一根枝杈都是一双向外伸出的手，都是张开的怀抱，鸟儿们理所当然地在上面栖息，而另一些本不属于她的儿女也会在上面生活呢。有些我们看不见的小兽和虫子就不说了，连柔小的植物她也接纳。你看那树干上爬满的金线蕨，像不像女儿织的一条绿色的围巾缠绕在母亲的脖子上？似乎这些植物的养料也从树干上吸取，啊，多像娇生惯养的小女儿呀！

她也确实像妈妈一样精力旺盛，不知疲倦，似乎一年四季都枝叶繁茂，充满绿的生机——应该没有人看到过一棵满树枯黄的榕树吧？

因为"住在树上"，每每在市区其他地方看到榕树，我都会顺着枝干向上望，似乎这也曾是我居住的那一棵，那上面也有一间屋子的阳台属于我。生活在榕城的居民们，有多少享受过这样的优待呢？

当地人说我大惊小怪，榕树其实早就是这个城市的一份子了，她的存在可能跟福州这座城的历史一样久远。我不得不想，当初是谁如此有远见卓识，选择了榕树这种树来作为这个城市的荫护呢？查资料说："北宋治平三年，福州太守张伯玉，在衙门前种植榕树两棵，并号召百姓普遍种植，后满城绿荫蔽日，暑不张盖，福州始有榕城之美称。"真是善政，善举！不管他当政时其他政绩如何，单这一条，足以让榕城的居民们记住并感怀他。

一座城，因为有了这些充满母性的榕树，也具有了更为宽广的城市襟怀，这种福荫不分身份、户籍、贫穷或是富有，都可以领受，有如阳光、空气。当夏日炎炎，一片一片绿荫连接起的保护伞，减缓了多少奔忙于烈日下的上班族心中的戾气与暑气……如果当时祥子所在的城市也有这么多张开的绿荫树冠，他的苦难也许不会显得那般刺眼强烈。

每座城市都应该有些事物被作为象征，有的或许通过行政命令强行写入史册，有的或许通过商业手段声色喧嚣，夺人耳目，而有的，就是轻风细雨的包容与关怀。如风吹过的那一帘绿色，如万千叶片剪碎的阳光，足以让人想起这座城市的时候，心里充满温情和感恩。

退回去几百年，麦园路是一片农田，种满了麦子。我不止一次地想象，在这些房子还没建成的时光里，这里金黄一片。

麦园路 52 号

"仓山麦园路 52 号"，是我信件和包裹收件人里一直默认的地址。第一次来的邮差我总会在电话里详细地告诉他路线——从 52 号大门口进来，你会看见两棵高大的白玉兰树，从左边的阶梯上来，右转，穿过一架绿色的藤萝走廊，会看见一座红房子，再右转，看到玻璃门，就到了。

门口常常还有几只猫，或几只狗。文联和群艺馆的人总是会把他们当成自己家的小东西，用塑料饭盒装了吃剩的鱼肉来喂它们。

52号其实是一个大院儿，里面除了福州市文联还有其他一些单位，"单位"这个词好像是上个世纪的产物。这些单位里的人也仿佛活在时光之外，有一点与时相违的缓慢和悠闲，也有一点现代社会难见的温情和从容。

刚进入市文联工作的时候，我曾在这院里住过几个月，那是办公楼附近一幢闲置的小楼，一棵老榕树的枝丫几乎要从四楼的阳台上伸进房间。栖息在树上的鸟儿会在清早四五点就拼命歌唱，把我叫醒了就开始一只一只朝着不同方向飞走。我常常站在阳台上看它们从路上行人的头顶掠过，姿势优美。

周末的时候没有人来上班，停满汽车的院子就空了出来，只剩树叶被风吹得哗哗响。我有时会带着儿子到院子里玩滑板车，塑胶的滚轴磨得地板哗啦哗啦，分外响。院墙上大片的藤萝中，一朵一朵猩红色的绒球花像炸开了一样，温暖热烈。对面群艺馆也住着一个阿姨，太阳好的时候，她会把棉被搬出来搭到椅背上，用棍子使劲儿地抽打。

正门园子里两棵很多年的白玉兰树，都入秋了，花还开着，风里就都是白玉兰的香气。

我老家的院子里也曾种有一棵粗大的白玉兰树，后来树冠长得太大，被砍掉了。我怀念那种香味，一如怀念儿时的时光。

从四川的某个小乡村到海滨福州的麦园路有多少路程我不知道，大概有 1000 多公里吧？我梦里也未曾出现过这遥远的异乡的一条路，然而我竟在这条路上来来回回走过不下千遍。街口的小卖部都熟悉我了，买零食忘记带钱，他们会说没关系，下次记得给就好了。

52 号大院正对面是一所中学，放学上学的点儿门口就排满了电动车。这条路很窄，除了公交车，小车限时限行，家长们骑电动车来接孩子是最省事儿的。出门往左是一家老旧的牙医诊所，据说祖上曾是福州城有名的牙医，但我从来没有见到那张椅子上有过病人。再过去是水果店、文具店、服装店以及理发店，后来又开了冷饮店，又开了咖啡馆、修电脑的⋯⋯

五六月份是这条路最美的时候，我曾无数次在晚上骑单车或者步行在这条路上，没有了车声人声，柏油路被打扫干净了，店铺也关门了，只剩一条蜿蜒整洁的小路，沿途蓝花楹的花瓣无声地落下来，一会儿就铺满薄薄的一层，沿路都是。我从它们旁边经过，有种莫大的喜悦，想要和谁分享，又舍不得。

退回去几百年，麦园路是一片农田，种满了麦子。我不止一次地想象，在这些房子还没建成的时光里，这里金黄一片。现在也不错，沿路的蓝花楹和三角梅总是争相开放，给这条小路涂上蓝的紫的水彩，细碎的迎春花开起来也漂亮之极。

这条路上如今还保留着不少民国时期的红砖小楼，它们有的被电线和各种加盖掩住了原来的样子，只有那镶着铁花的欧式窗台还透露出往日的风情。

与文联大院相隔不远的麦园路 29 号是德兴银铺的旧址，这是当年福州地区有名的银铺，叮叮咣咣的敲打、铸造声见证了那个资本积累时期的繁华与喧嚣。与 52 号一墙之隔的二层红砖小楼，据说是民国时期的"万国储蓄所"，福州的金融中心，如今是私人住所，楼顶常常晒满了被单。

民国时期许多大洋彼岸的商人也漂洋过海来到这里。因为福州作为五口通商之一的城市，而麦园路所在的烟台山地区是闽江环绕的一个岛，所以这里便成为了许多洋人驻留的岛屿。顺着闽江的水路，闽北山区的茶叶、木材、笋干等山货在这里中转，换乘大型货轮运往世界各地。武夷山的红茶就是从这里被运往英国，出现在 19 世纪英国人每天的早餐桌上。最繁盛的时候，有十几个国家都在这里派驻了领事，修建领事馆。与麦园路相隔不到百米的乐群路就是领事馆聚集区，当年的乐群楼曾经是万国俱乐部，周末的夜晚，这里灯火通明，留声机里的西洋乐从楼里飘过闽江，把他们暂时带回遥远的家的国度。

那些留着大胡子、穿着西装或蓬蓬裙的蓝眼睛高鼻梁的外国人，就在这些充满了乡村情调的小路上，和穿长衫、土布褂子的中国人擦肩而过。他们大概也没有预知到自己的生命会与这条地球仪上找也找不到的小路发生任何的交集。

而麦园路52号，于我而言也是一个岛屿，是前小半生漂泊的一个支点，一个绳结。

在这里的几年是内心最为安定的几年。在二楼靠楼梯的那间办公室里，我在窗台种下的吊兰和红掌都开了谢了好几次。常常在我摆弄植物或胡思走神的时候，楼梯间传来不徐不急的脚步声，一会儿就看着领导提着公文包从我门口经过，我便假装起认真工作的样子。领导擅写字，我曾经厚着脸央他给我写几个字。大概是洞悉了我生命中的未知与漂泊，他提笔写下的是"停云"二字。如今，这挂在我办公室里好几年的"停云"二字被我取了下来，将要和我们一起搬到新的办公室。麦园路所在的烟台山历史文化街区整治与改造已经如火如荼。整幢楼都在翻捡，打包，胶带发出的呲啦呲啦的声音和师傅们装箱的吆喝声此起彼伏，又难舍又混乱又兴奋，和这个变迁的时代一样。

我想城市的发展变迁也不是怀旧情怀可以阻止的。这里逼窄的小路将变成更为平坦整齐的大道，两旁歪歪扭扭的小楼也将换上新装，高端大气上档次。看效果图上的麦园路或许再也不会让人想到麦田了，但住在这里的居民们又兴奋又不舍，他们熟悉这一切也厌倦这一切，没有洗手间的老房子，没有天然气，出行也不太方便……新生活充满了诱惑与想象，谁也抵挡不住。

而福州，生活十几年之后，已然浑然一体于你的生活当中。爱恨交杂。这便是你与这城市割不断的乡愁了。

早市，每个小贩脸上都泛着光

一

离我住处不远的地方有一所小学，小学门口是一条长长的通道。这条通道平时摆满了接送孩子的电动车。周末的时候就变了模样。许多菜贩用小货车拖了整车的蔬菜水果到这条街上拍卖。你可以想见这个阵势多么壮观：道路两旁是一辆接一辆叫卖的货车。车主老板就站在车厢上豪迈地招呼客人。通道中间则挤满了买菜的大妈大婶，走路的骑自行车的，拖着购物篮的，背着巨大的购物袋的……整个场面热闹极了。

"拍卖"这个词我是到福州才如此频繁地见到听到。此前我只从电视或电影里一些竞富的桥段才听过这个词。比如要表现男主角高富帅，就会安排一个在拍卖会现场举牌的情节。大家煞有介事地较着劲儿，拼命把价格往高了抬；主角当然会是那个不看数字，只懂举牌，最后获得众人惊叹艳羡的人。因此"拍卖"这个词也就跟高大上、富二代、奢侈品等联系在一起。可是在福州，这个词却随处可见，比如打折的服装店里。尤其在靠近火车站商贸城廉价服装批发商场，几乎每个店门口都写着拍卖二字。意思就是打折处理。早市的菜贩们也学会了这一招。每个菜摊前都竖着一个牌子，一片纸箱上撕下来的硬纸壳，随性而自由地大书"拍卖"二字，一个大嗓门儿的年轻人举着这纸牌在一堆萝卜或土豆后面大声叫卖，像极了怪诞行为艺术。

我一直纠结这个词的原义到底是什么。有语法强迫症的人总觉得拍卖这个词放在这里有点儿别扭。拍卖：萝卜，十块五斤，花菜，三块一斤，土豆，十块三斤……是亮出底价，让人竞价吗？估计这样写的时候也没想这么多。反正大家都这么写，那大家也都该明白是什么意思了。有时候语言真是没那么重要。现实中买菜的人大概也不会去追究这么多。

这些蔬果多是小贩们直接从产地收购，整车运来，省了中间商的层层中转加价，也省了昂贵的店面租金，当然价格比商店超市的便宜不少。而且直接从地里采摘了就拉过来，土豆萝卜上还带着泥，格外新鲜。

早市要到周末才开张，所以，周六早早起床，跟家人一起逛早市，就成了一大乐趣。看那些色彩鲜艳的红椒、青瓜、玉米、西兰花……堆在一起的时候，组成一幅鲜艳的画面，真诱人。水灵灵的，泛着光。运气好的时候还能在这异乡的菜市买到来自老家四川才有的红油菜芯或鲜嫩的豌豆尖儿，怎能不欣喜？

我喜欢逛早市，在我与这拧巴的人生和解之后。或者它促成了我与自己的和解。

这个时候一定要把老公孩子也拉上，柴米油盐可不只是女人的事儿，一来让男人充当劳动力，二来也让孩子看看，饭桌上的肴馔可不是田螺姑娘凭空变出来的，食物各有它们鲜活的样子。一家人在菜市里东看西看，为了能买到新鲜又便宜的农家野菜而乐呵半天，这样的日子，也不失为一种浪漫。

二

　　有一天去早市买苹果，那卖苹果的小伙人很精神，壮壮憨憨地，一边称苹果一边和大妈们聊着天。大妈总要提醒下，足称哦，别缺斤少两啊。小伙很自豪地说，放心，我卖苹果走南闯北，从来不干缺斤少两的事。做生意嘛，不在这上面抠钱。一边说一边接过大妈手里的百元钞票，要找钱。看他左掏右掏，上衣口袋下装口袋反复搜了好几遍，脸色开始有点慌张起来。我催促着，先帮我称吧，我零钱都准备好了。他却像没听见似的，又开始重复了一遍刚才的动作，一下子有点呆滞地自言自语：又被偷了！

　　我们都替他紧张起来，怎么会这样呢？！小伙子略微呆了几秒钟，从隔壁一个摊贩那里借了几十块，找给正在等待的大妈。买苹果的人们也都替他心疼，这来来回回贩一车苹果多不容易，所赚也不多，被该死的小偷一下子偷去……身边的大妈们便一边安慰他一边使劲往袋子里再多装些苹果，希望可以帮衬他减少一些损失。忙碌中，那原本在小伙子脸上消失的神气开始一点点回到脸上，片刻的沮丧之后，他又重新打起了精神，大声地跟大妈们叫嚷起来。我不知道在这短短的几分钟之内，他的内心经历了什么，我也不知道这些小贩们在将一车苹果或蔬菜从遥远的产地运到城市再到市场换成钞票的过程中要经历些什么，这些平凡的人啊，劳有所获就是对他们最真诚的祝愿了。

三

　　曾经有一段时间，孩子的爷爷生病，为了治疗方便，住到了离我们家很近的医院里。一边要照顾病人，一边要照顾孩子，医院与家两头奔波，又要上班，还得为不菲的手术费而发愁，生活一下子黯淡了下来。食不甘味，更没有了心思去为家人的三餐细细筹划。

　　在医院里见了太多的人间悲剧，躲在楼道里把头埋进臂弯默默啜泣的姑娘，躺在走廊里浑身插满了管子的病人，那些充满了怒气与怨气的家属与护士……我不忍看，我奔向菜市，如同奔向另一个世界。

　　站在吵闹喧腾的街口，挤进熙熙攘攘的人流，一种阔别多日的亲切感一下子涌上心来。小贩们依旧站在满车厢萝卜堆里，随着手机外放的音乐扭动着身体，叫卖声一浪盖过一浪；卖梨的小伙儿拿着一把砍牛的刀热情地邀请买主们来尝尝，无人理他，他自顾自地剥下一片往自己嘴里送；小孩儿在满是剩菜叶的地上玩闹着，冻得发红的小脸上挂着傻呵呵的笑；恍然大悟，这才是生活，什么事情都会过去。痛苦和快乐都是一时的，如水流一般的世俗才是人生常态。

　　想要自杀的人或者得了抑郁症的人都从自己的人生中抽离出来，去楼下的早市走走。看看那些鲜活的，为了一日三餐认真工作劳动的人们是如何把力气用在赚钱上，而不是空虚的抱怨和无谓的感叹上。那些穿着宽大的工装，戴着手套杀鱼的鱼贩，他们习惯了鱼虾的腥臭味道，习惯了大冬天把手放进冰冷的水池里，看他们在充满鱼腥味的摊档前面端着大碗吃饭，发出豪迈的嘎嘎的笑声，丝毫没有因为面前的一摊污秽而影响食欲。他们没有时间去抱怨生活给予他们的是否公平。

一蔬一菜都是他们对生活的敬意。认真生活，才能认真去体会这个城市的温暖之处。

四

游历四方的散文家舒国治写他所居住的台北，说"我生活在台北这村庄上"。

台北，这世界级的大都市被他形容为一座村庄。因这里面有相熟的杂货店老板代他收取邮包，也有老主顾年年寄来自家院里结出的白柚。

都市人终究是局促的。

中国人自来是喜欢田园。他们梦想着回到陶渊明的理想国，阡陌交通，鸡犬相闻。因为受不了大城市的挤压与裹挟——可是这终究是一厢情愿。唯一能做到的大概就是把你自己生活的小范围变成村庄。于是我们流连于这些嘈杂市井的街巷当中，听他们用来自各地的方言叫卖甚至互相嘲弄，感受一种久违的人与人之间真实的亲切。

　　生活，亲切与熟悉，吾心安处即是家。人与人之间，疏而不淡的关系，那是一种理想。舒国治爱台北，犹如爱自己出生的村庄，多半是因为熟悉。而福州，生活十几年之后，已然浑然一体于你的生活当中。爱恨交杂。这便是你与这城市割不断的乡愁了。

你要真问我福州是什么味道，或许是一碗鲜捞加虾油的味道，或许是一碟葱油拌青菜的味道，是一种不显山不露水，平淡日子悄悄流淌的味道。

福州的味道

一座城市有一座城市的味道，成都麻辣鲜香，上海酸甜软糯，福州呢？福州什么味道？好像叫人一下子答不上来。依山面海的福州城，既有着山路菜的珍奇厚重，又有着海路菜的清鲜肥美，个中滋味还真不是一两句话能概括得了的。

记得刚到福州时，荷包扁扁，几个年轻的同事一下班就只能直奔沙县小吃，因为玻璃门上"一元进店"的店招让初入职场的上班族找到归属，于是，沙县小吃对于我几乎成了福州饮食的代名词。

后来多吃了几家才知道，拌面扁肉也分流派的。一种是沙县店，大概统领了福州小吃的半壁江山，一种是福州本地的，又以尚干拌面为主。尚干是福州郊县闽侯的一个镇。这里制作的拌面面条较之沙县的更粗厚，更筋道，颜色也略黄，可能是加碱不加碱的关系，也有考究的加鸭蛋清；而拌面用的是白油（即猪油），符合素菜荤做的原则，让面条更爽滑更醇香；酱则有正宗的红油辣椒，还有豆豉酱，大慰朕心，配上一碗扁肉汤，足足吃了一个月。

等在福州待的时间稍长，待遇稍好了，午餐便从拌面扁肉晋升为炖罐蒸饭配青菜。我不知道炖罐是否算福州小吃，也许既不起源于福州，更不该归属于小吃类，但是，如今却代表了福州的平民饮食。你到福州的街头，总随处可见偌大的一个炖缸如大肚罗汉般立于店门口。进店找张小桌小凳坐定，便有热气腾腾的小瓦罐奉上，乌鸡茶菇，花生猪蹄，海带姜母鸭，排骨香芋……搭配青菜煎蛋盒蒸米饭，荤素相宜，从营养学上讲是最科学，而且一人一罐分餐制，也卫生。问题就是，对于真正的吃货来说，这总有点像营养餐，适合上了点年纪的人坐在家里细嚼慢咽，到不了味觉上的高峰体验。

其实福州菜也不是没有重口味的，比如咸甜香糯的荔枝肉，金黄酥香醉排骨，滋味浓郁的南煎肝，爽脆醇香的糟螺片，还有虾蟹海鲜及各种汤菜，都可算得上传统福州菜里的至上美味。但要吃上正宗地道的福州美味却不那么容易了。如今福州的餐饮市场上纯粹经营闽菜的餐馆越来越少，有的厨师也为外地人，各种菜系混合烹制，一边卖回锅肉一边卖南煎肝，一边卖水煮鱼，一边卖猪肠粉，真是四不像。

但真正的"吃货"心中必然有一本属于自己的福州美食地图。工作之余，会跟着地道的老饕穿行于背街僻巷当中，一间一间寻过去，总能找到真正属于老福州的味道。这些店多藏身于老福州聚居的街区，尤其在一些非主干道的小巷里，常常隐藏着一些小门小脸的铺面，没有炫目的装潢，也没有醒目的招牌，多是以店主姓名为店名，"依强"菜馆，"依昕"饭店，"老张"小食店，"老杨"快餐……也因为如此，顾客多是口口相传的熟人儿，且都奔着地道的福州味儿来，其他的也不讲究那么多了。

这样的小店面积也大不到哪儿去，三四张桌子，后厨前厅多连在一起，隔着挡板而已，木质的桌椅上长年累月的油污已经浸到木纹深处，擦不去也不用擦；地板上也照例是来不及打扫的纸团和食余。这样的店服务员也不会多，一般由老板娘兼任着跑堂和算账的功能，忙不过来的时候，顾客进来先自己找个位置坐下，倒茶倒水，自取碗筷，熟门熟路，心安理得。更多时候，客人要走到老板的餐柜前瞅瞅，今天有些什么食材，然后自己盘算着，怎么搭配，怎么安排，全凭经验，点石成金。若同行的食客中有地道的福州人，甩两句虾油味的福州腔，估计老板会特别优待，上菜速度快些不说，还能提醒你今天新到什么好料，要不要来上一份。若是不熟的客人，对不起，您就得多担待，等老板娘忙完了再来招呼您。若点菜有半点犹豫不决，兴许还要被嘀咕两句："您先想着，想好了叫我！"说完一阵风，刮到别桌了。不过您别急着埋怨，等货真价实的菜一盘盘端上来，兴许一切的气都消了。这样的店多保留着地道的做法，比如荔枝肉，必是切成花刀和入荸荠过油炸，也决不用色素提色；南煎肝必是厚薄均匀细嫩爽滑，即便是一盘白灼带子，在选料和火候上也有极细微的讲究。总之，卫生诚可贵，服务价更高，若为口味顾，其余皆可抛……

当然了，服务口味环境俱佳的福州餐馆不是没有，以佛跳墙闻名全国的老牌闽菜发源地"聚春园"就是标杆；此外，主营福州菜的福州大饭店、杨桥酒楼、荣誉酒店等等闽菜也做得不错。但其高端定位对于自掏腰包的升斗小民来说压力着实不小，若一边吃一边得盘算着去掉多少银子，再怎么爽口的美味也架不住心口疼。看来，这吃货口味再怎么进化也只能在拌面扁肉与小炒盘菜上游移，若想到佛跳墙的高度，同志则仍需努力。

融入一个地方，往往从味觉上的认同开始。记得刚来福州的时候，对于无处不在的酸甜口味难以接受，尤其到当地人家里做客，什么菜都用清水捞一捞拌一拌了事，无味之极。于是特意到四川特产店买了大量的辣椒、花椒、豆瓣酱堆于厨房，仿佛要在饮食上坚守对家乡的怀念。可是，满足了口舌之欲，身体却受不了，毕竟福州地热，四川地寒，若一味食辣，身体便会各种抗议，轻者脸上长痘有损容颜，重者鼻血溃疡苦不堪言，于是慢慢理解了闽菜里多汤水，多蒸煮氽拌的特点。所以，你要真问我福州是什么味道，或许是一碗鲜捞加虾油的味道，或许是一碟葱油拌青菜的味道，是一种不显山不露水，平淡日子悄悄流淌的味道。

风　情

今天的诗人，头顶上早已没有了文艺青年浪漫风流、才情横溢的光环，转而成了落魄、边缘甚至娇情的代名词。但在福州倒还有这么一批勇气可嘉的"老男孩"，自80年代全民皆诗之喧腾中走来，喧嚣褪去之后还又傻又勇敢地站在舞台上，自开自落自骄傲。或许真正热爱者，必不为了凑热闹，恰是这些潮流、时光之外的人吧。

时光之外的诗歌之城

诗歌之城的美丽梦想

要说诗歌重镇，有着北京、成都、台北这些著名的文化部落在前，福州断然和诗歌重镇拉不上边。但深入她的经纬，又会时不时地发现一些诗歌来过的痕迹。偶尔在某家会所里，会有大批诗人聚集在一起，朗诵歌吟，或在高校的体育馆，会见扯着大横幅的诗歌朗诵会，甚至在剧院、在露天广场、在游人聚集的风景区，亦可碰上一场又一场声势浩大的诗歌盛会——让人恍然：福州真的像某位文化官员所说的，要成为一座诗歌之城了吗？

小范围的全民皆诗

一直以为《诗经》中最动人也最具艺术价值的不外乎"风"的部分，想来也正是因为其不设限制，不拘等级，来自民间，包罗万象，所以最朴素也才最有生命力。在福州的诗人群体当中有坚守阵地的中坚分子，也有五花八门的诗歌发烧友，这些业余的粉丝，上至官员，下至平民，男女老少，皆写诗爱诗。出诗集的有商界达人，公务人员，亦有相夫教子之居家妇人，虽然在诗的艺术上来说还有许多精进的地方，但一腔热情可感可敬。甚至十几岁的中学生也有作品在闽都文化的诗歌专刊上发表，足见诗坛的宽容无界限，更无辈分的排序。一些官员也写诗，出诗集，但并非如之前的网络热炒的羊羔体一般白烂，恰在艺术上有着不低的造诣，在情感上自然真实，回归到诗歌本身的样子。而他们所写所歌的题材亦是大千世界，奇景奇情，无所不包。可以说，福州的诗歌界就和闽地的地域特征一样宽容、温和。以我不多的诗歌经验去感觉，窃以为北京的诗歌群体是侃，调侃，讽刺，对时政比较敏感，用诗歌讽世，甚至有的时候是愤怒的，号叫着的，也不免骂骂咧咧的，而成都的诗人群体是"谐"，诙谐，亲民，有趣、好玩儿，有时玩意识流，甚至堕入晦涩难懂之境。而闽地的诗歌大体比较传统，在艺术上追求一种古典、安静的美，注意词句的锤炼，意象的营造，追求一种浑然天成的意境之美，比较接近诗歌最初的样子。

非要找找历史传承

如果非要从有几千年的历史上去找一找诗歌的血脉，近代的"闽中十子""同光体"诗派可能是比较显眼而夺目。实际上，除了这些专业为文的雅士们，诗歌还有广泛而深厚的群众基础。一些研究闽都文化的学者论述记载，三坊七巷当中经常会有吟诗作对之声传出，那是居于此间的文人骚客在聚会开 Party。《怡亭赋》中就记述文儒坊内有杞堂主人陈海萍为文酒之会而专购有杞堂以作据点，可见当时文风之盛。而上溯至唐宋元明，闽籍诗人不及详述。

较近的有一个舒婷，近居厦门，也被闽地的诗歌爱好者们奉为精神向导。尽管近年来少有诗作，但她的沉默恰是对诗歌葆有的敬意和虔诚，这也成为喜欢诗的朋友们的一个精神指标。

而在诗歌评论方面，80年代初以《新的美学原则在崛起》为朦胧诗发端之争论一锤定音的孙绍振老先生还驻守在师大中文系的某个角落里，时不时地为一些年轻的诗人写写评论。他的存在就像一面旗帜和一方精神家园，令后来的诗人们找到归依。

提到一场又一场的诗会，就不得不提一个人的名字——哈雷，在近期的多项活动中，他像诗歌忠实的仆人一般，躲在幕后、穿针引线、组织策划，撺掇起一场又一场的诗歌盛宴。"作协副主席"的官衔也许为他在商界政界各种门中穿梭自如、游刃有余地开辟了通道，但更多的是他作为诗人的热血与激情感染着周围和他一样爱诗的朋友。他自己也写诗，且造诣颇深，但贵在听命于对诗歌的直觉，性之所至，信手拈来，不为诗而诗。据他所说写诗就是将那些堆积在心中的字词情感一泄而就，不仅是一种心理和精神上的发泄，甚至到了一种生理上的大畅快；以此为切入点，你还能串起一大串的名字：大荒、曾宏、顾北、西楼……又可见一本又一本的诗集面市，多由海峡文艺出版社出版，这种没有太多商业利益的行为对于一个出版社来说委实难得。

海峡对岸的频繁来客

自从两岸正常交往以来，文化上的交流就络绎不绝，一些声振两岸的诗界名人常常来往于福州和台湾两地。余光中、洛夫、席慕蓉、郑愁予、创世纪诗群，都是一个个响当当的名字，他们来传播诗的魅力，同样也被福州人对诗歌的热情所感动和激励。也许相较于北京上海等大城市，明星大牌开演唱会不一定首选在福州，但，诗歌界的大牌却一定不愿绕过这个对诗歌充满虔诚的城市。没有哪个城市像福州一样，还对诗歌充满了热情与敬意。

最近的一次是台湾"创世纪"诗群来闽——创世纪诗群于1954年10月10日，由张默、洛夫、痖弦发起，与"现代诗社""蓝星诗社"三足而立，影响台湾诗甚至对岸大陆诗坛近20年。这次来闽的诗人当中，创世纪诗人几乎是倾巢而出，痖弦、辛郁、管管、古月等响当当的名字终于变成一个个可感可观的真实的人物出现在闽地读者面前，他们的到来恰逢在莆田举办的印象妈祖朗诵会，诗人们也受邀上台，朗诵自己的作品。当看到白发的痖弦站在呼啸的海风中吟出多年前稚美的诗句，相信大多数人都感动非常——这样的镜头本身就充满了悲壮的诗意。

长期活跃的交流和来往已经常态化，越来越多年轻的诗人，不管官方的、民间的，都加入到这种两岸的交流当中。

朗诵协会很给力

不得不说的朗诵协会。在一场又一场的诗歌盛宴中，朗诵会的会员们是绝对的主角，他们用声音的表情把一首诗歌的情感立体可感地带给读者和听众。我不知道在其他城市是否也有这样的朗诵协会，但我想如此活跃的诗歌朗诵团体应该不多。

有熨帖合韵的配乐；有意境相通的布景，甚至灯光、音响，一样都不少，其阵容不输明星演唱会；更令人惊奇的诗朗诵者们的高超技艺。他们天然的声音就是一张张表情生动的脸，而对诗歌深层的理解和热爱已经完全把诗歌所要表达的意境融入内心，通过声音来传递的时候，悲喜哀乐都可听可感。在排演上面，有个人独诵，有合诵，还有叠诵等形式，重叠回环，意韵绵延，着实向人们展示了诗歌艺术之外朗诵艺术之精深。

而最为打动人的，莫不是灯光暗处，一把小提琴，弦音若有似无地传来，一个声音熨帖地穿透你的灵魂，此时可以闭上眼，让这声音把你带到诗歌所描绘所向往的境界，那里时而芳草连天，娇红鲜绿，时而风起云涌，雷电霹雳……乘着这声音的帆船，做一次心灵的无羁之旅，如庄子之大鹏展翅，上天入地，无所不能。猛然间，灯光亮处，声音戛然而止，一睁眼，又置身众人之中，恍如隔世。

　　诗歌朗诵会场地有时选在大学校园，有时选在露天广场，甚至选在风景区，观众听众中既有诗人、作家等离诗歌较近的人，也有普通市民、超市员工，甚至是扫地的清洁工，他们都被诗歌撞见，加入这一场全民的盛会。诗歌的美和音乐和绘画一样，是可以被直接感知的，不一定要说得出，不一定要厘清，但美好的东西一定会让灵魂震撼。想想，一对散步的小恋人不期而遇一场文化的盛宴，被打动、被感染，忍不住停下来驻足观赏，该是多么浪漫诗意的事情。

　　我不懂诗，作为一个看热闹的外行，有意无意闯入这场诗歌的盛会，看到一座诗歌搭建的虚幻而精美的楼阁正伴着海面上雾霭霓岚缓缓升起，很美好。

可如今这山里的人家都一家一家赶着搬了出去，像我公婆这般还在季季侍弄这些果树的人是越来越少了。山中的木屋也一间一间地空了，剩下不能走动的老人孤独地守着空屋，连炊烟也变得稀薄和虚弱。

从喧嚣到宁静

从喧嚣到宁静有多远？

在离福州市区六七十公里的地方，有一处宁静的山林，那是我公公婆婆的家。

从福州西客站出发，一个小时左右的车程，在一个叫"台口"的地方下国道，右转进一条山村公路，道旁是星星点点散落的村庄和一亩一亩的青梅林，如果是春天去可以见到如雾的青梅花伴着沁人心脾的花香；穿过梅林，过一小桥，路开始蜿蜒上升，盘旋着进入山林。两旁开始多了各种各样的松树、桉树、梨树、杨树、樟树……叫不出名字的树，以及成片的竹林。

这竹林，是我所钟爱的，爱那风吹竹叶的簌簌声响及细碎的竹叶之间筛出的点点阳光；又高又直的修长的身子，那么窈窕多姿。

第一次来就有种似曾相识的感觉。尤其是围绕着房前屋后的那片竹林，是我常常梦中到达的地方。这不是抒情，因为在我小时候成长的家里，也是一片这样的竹林，曾经像野孩子般在里面疯跑、追逐、捉迷藏、打游击、抓笋壳虫。这是一种生长在竹笋里的硬壳昆虫，比知了略小，可以捉了烤着吃，肉鲜嫩，有焦香；但是更多时候，我们会拿它做玩具。像知了一样，外壳里面有软翅，飞起来时嗡嗡响，我们就捉两只，分别系于竹签的两头，再中间支一小段秸秆，这样形成一个十字转轮，当两头的笋壳虫飞起来时，十字就开始转动，我们称之为"推磨磨儿"；夏天可以把这当小风扇，尤其是男孩子们拿在手上，一脸的得意。

不喜欢他们在县城的那套居所，虽然宽敞明亮，装修也现代，但没有家的感觉，还是喜欢回到这里，时间都静止了。早晨起来，不用费尽心思考虑穿什么衣服，化什么妆，可以穿着宽松的睡衣，蓬着乱发就满山去溜达，没有人在意。只有偶尔从远处传来的流行歌曲的乐声散发着些许现代的气息。还有那长长的小道上偶尔经过的摩托车和坐在上面的时髦旅人提醒着这是在现代社会，不然真有时空交错的恍惚。

我一点不以我的公公婆婆是地道的乡下人而自鄙。相反，我怀着感恩的心去仰望和尊敬他们的辛苦劳作。他们所创作出的实实在在的成果：杨梅、青梅、橄榄、香蕉、栗子、李子、柚子、橙、番石榴……这里简直是一座植物园，多得让人数不过来的蔬果树木，可以让任何一位植物学家目瞪口呆。

今年回家赶上摘橄榄的季节。

橄榄树高数尺，采摘橄榄的时候，他们会先在树下依树冠的面积铺一块大大的网布，然后爬上树枝，用手摇或用竹竿打落橄榄果，果实极硬，掉在地上会发出啪啪的声响，如雨点坠落。

他们五六十岁的人爬上高高的树杈去摇落一粒一粒的橄榄，然后我们年轻人却只能胆怯地在树下张望，待橄榄落满地后，做捡拾的工作。手上全是黑黑的橄榄渍，没关系，用橄榄叶湿水擦拭一下，清水一冲，就干净了。

橄榄树是希腊的国树，在雅典被视为圣物，这当然和圣经中挪亚方舟的传说分不开。圣经故事中鸽子衔回的橄榄枝令逃出浩劫的诺亚夫妇看到希望和新生，这一根翠绿色的橄榄枝传递出的是希望和新生的信息。于是心中总是对这种奇妙的植物充满好奇。只是希腊这遥远的地方似乎只存在于古老的神话当中，不得亲近。后来听齐豫的《橄榄树》也诱发了我好多关于橄榄树的浪漫幻想，可总觉得这是异域的产物，与我相隔甚远。如今却在这深深的山林之中与之不期而遇，而且就在自家的房前屋后，这惊喜仿佛乡下小伙在家中遇见了田螺姑娘，有点儿中大奖的幸运。其实想想台湾和福建只是相隔一湾浅浅的海峡，有着深刻的地缘情缘，相似的土质当然会生长孕育出相同的植物，结出相同的果实，两岸的人民也当然会同样热爱这小小的可爱的果实了。

爱嚼橄榄的人都说初入口时苦涩，之后会有回甘，令人神清气爽，和观音茶有异曲之妙。我是怎么也学不会品这涩涩的青橄榄，只有当它们被腌制成甘甜的彩色果脯才有勇气去品尝。但这充满浪漫气息的出身却足够让我心仪。

快到吃饭的时候，你可以提个竹篮到屋后走一圈，就可以带回满筐的果蔬。大口大口地啃嚼着这些美味多汁的蔬果时，我就会怀疑自己整天面对着电脑的工作到底有何意义，还不如他们种出这些实实在在的瓜果带来实际和真切的满足。

在山里吃得也很简单，两个老人可以十天半个月不下山，吃的东西完全自给自足。家养的鸡鸭令桌上餐餐有肉食。各种蔬果吃也吃不完，就任他们烂在地里也没关系。

做法也极简单，没有煎炒烹炸，就是白煮或蒸，蒸肉糜，或做汤。鸭肉就是放点盐煮汤，加几粒板栗，或几枝我叫不出名字的树根，婆婆说这是一种药，吃了很补。是的，也没有什么怪味，倒很香醇。蔬菜也是简单的过水煮一煮，拌上油盐，却吃得很有味。

油是橄榄油、山茶油。你见过山茶籽吗？一粒一粒小小的坠在树枝上，很不起眼的，但却有极高的营养价值。广告里天天讲山茶的各种好处。而只在这里吃到的永远是最纯正最绿色最有机的山茶油。甚至有个小病小痛的也不去找医生，自己就在山后采点草药熬了喝一喝，居然也能起效。至于蚊叮虫咬，就涂一点茶油，真的一会儿就散去了红肿。以前我总嘲笑他们这是愚昧，可是见到效果也就没话可讲了。从此也学会了把茶油当万金油，什么小病小痛就想拿来抹一抹。

在这山里一年四季有吃不完的笋，各种各样大大小小的笋，哪怕不加任何调料，切成薄片，和着鸭肉烫煮，也极脆甜。新鲜的吃不完就煮了晒干，做成香醇的笋干，吃时再泡水，和着鸡肉或鸭肉炖，像牛肉干一般有嚼劲，极缠绵，还透出一股竹子的清香。

柚子是那种个头不起眼的小小的，皮也很厚的红柚，剥开来里面肉是红色的，极嫩极多汁，味道香甜中带一点点酸，真正最初的味道，柚子皮晒干后点燃的烟可以驱蚊，呵呵，夏天的夜，就不怕蚊子的侵扰了。

香蕉是那种个头小小的米蕉，不像进口香蕉一般粗大野蛮、甜到发腻，这小小的米蕉都是在树上自然黄了再采摘下来，因此有阳光的酥香；还有番石榴，个头都不光鲜，但味道却是极纯正的酸和甜，也难怪，常常上面有鸟的啄痕，当然了，鸟儿也是挑剔，那些躺在超市里外表光鲜却大而无味的"塑料"水果它们才看不上眼呢。

柿子也在这个时候成熟，有在枝头就点了灯笼的软柿，摘下就可吃，也有绿色的坚硬的脆柿，需要被密封在土罐里一段时间才能去皮吃的，糖分极多。而吃不了的柿子就做成柿饼，加入阳光和人的手温，这种有趣的储存方法我曾在另一篇小文中记录过。

还有李干，用新鲜的胭脂李烘晒而成，和永泰柿饼、葱饼合称三宝。很多到过永泰的人都免不了带一大堆回去赠予亲朋。总有人极爱这酸酸的甜，吃得满口如食人血般鲜红，吐出口水会吓人一跳。

还有地瓜干、青梅干、荠干……总之回到家里的日子，是最丰满富足的日子，整天有吃不完的各种天然美味，嘴都闲不下来。

可如今这山里的人家都一家一家地赶着搬了出去，像我公婆这般还在季季侍弄这些果树的人是越来越少了。山中的木屋也一间一间地空了，剩下不能走动的老人孤独地守着空屋，连炊烟也变得稀薄和虚弱。

回去那几日对面山林里有一位老人去世了，据说一个人待在家都死去好几天才被发现。家人都离开了，他没有可吃的，生命里最后几日居然只吃米饭拌盐巴。婆婆他们也去帮忙入殓下葬，还请来唱戏和做法的热闹了几日，我不忍听、不忍看，就在这近在咫尺的地方还有这样悲惨的苦事。不禁想问问他的儿女们，城里真的有那么大的吸引力吗，以至于都扔下家中老人跑了出去？

其实待在山里靠各种农产品的收入并不比外面打工来得少，只是这山里的生活一眼就到头了，不像外面的世界充满机会和幻想。他们眼看着不少人走出去，三年五载过后就像中彩票一般衣锦还乡，于是也跃跃欲试地跑出去，壮志满怀地要在大千世界中打捞一片属于自己的天，可绝大多数的人不过徒劳一场，白白将自己的人生打了水漂。

我的公公婆婆也不甘人后，倾尽所有，在县城购置了一套宽大的居所，而真正去住的时日却是少之又少。还是住在老家舒服、踏实，那里才是真正属于他们的天地，在每日面对的山林里，看着他们亲手种下的果树结果了，看着一茬一茬的庄稼成长了，他们才不会觉得心慌；只有光脚踩在绵软的土地上，闻着泥土散发出来的芬芳，才真正体味到活着的证据。

我想我注定也是农人的命运，不然不会如此亲近热爱这山林里的生活，如果可以，让我再多待几日，再仰头看竹林摇曳，再听风吹山岚，再满心欢悦地采摘，再心怀感恩地品尝。

可是自问如果我不是带着度假的心情来这里居住，我真的可以如此心安理得、如此闲适吗？如果要我整日与他们一起日出而作，去翻土、去浇水、去捉虫、去采摘攀爬，我能胜任吗？在无从选择下我还是只能恋恋不舍地离开，回到城市里继续融入那喧嚣。我知道，我们这一代，已经回不去了，那原始澄澈的乡村生活。

当我们穿街走巷，不经意被谁家院墙上翻飞的三角梅所惊艳，或走累了在某个街边的花台上随性而坐静听鸟鸣，这便是一座城市的诗意所在。

小巷深处

一

到一个城市，最爱在小街小巷中穿行。

只有深入到一个城市的毛细血管，你才能真切地感受这个城市的温度。

福州是一座有着 2200 年建城史的城市。早先城区面积狭小，从汉末冶城到西晋末年建的子城，唐末的罗城，五代的平城，北宋的外城，到明洪武四年的府城，才圈定了明清两代城区的范围。府城北跨屏山，南绕乌山，于山，设七大城门，即今相沿所称的东门、南门、北门、西门，水部门、汤门和井楼门。大致是今天南街为中心的鼓楼区范围。

　　近代鸦片战争之后，福州被辟为通商口岸，原被称为"城外"的台江仓山地区，因为地扼水陆交通要津，逐渐繁荣起来。仓山发展成为新的商业和居民区，"城里"与仓山、台江之间经由狭窄的茶亭街一根扁担挑起来。到今天，人们还习惯性地把到鼓楼说成"进城"。

　　2200多年居住在此的福州人与这片土地已经相生相息，从而形成了一种叫文化的东西，说不清道不明，可真实地行走其间，就能深刻地感受到，每一条街，每一条巷，每一面墙都可能深藏着时光的诉说。

　　刚来福州时，南后街还没有今天这般齐整华丽。它隐藏于城市的高楼之后，是一条狭窄不平的小道。街边的店铺都是简陋、破败的，那些建于明清的一百多年的老房子挤挤挨挨地靠在一起，相互支撑着不至倒下。临街的一间作为店面，店里卖的是便宜但款式新颖的时装。许多年轻的女孩淘衣服都到南后街。我曾经见过两个学生模样的女孩子，卷曲夸张的假睫毛，浓黑的眼线，像极了日本动画片里的女主角，最让我频频张望的是她们腿上艳丽的糖果色丝袜，一条腿一个颜色。她们应该代表了当时的潮流趋势——如今这些年轻的女孩都已经长大了吧，不知道还会不会把自己打扮成如此时髦怪异的样子牵手逛街。

在这些店面之后呢，是低矮的旧式民居。曾经去过一个朋友家中，一个明清风格的四合院，和他一起居住在这个院子里的大概有五六户人家，他们共同租住在一起，原住民早就买了电梯公寓搬出去了，这些老房子里住的多是外来的打工者。电动车、自行车和各种杂物堆放在在限的空地上，有的家中没有厨房，灶台就搭在屋檐下。炒菜、刷锅、谁家的小孩子追逐着碰到了停放在院子里的电动车，报警器呜啦呜啦地响个不停……一个大杂院，热闹倒是热闹，但总不免有些杂乱。

2006 年开始，以南后街为中轴的三坊七巷修复保护工程开启。经过几年的整治，三坊七巷已经成为一个响亮的品牌，许多国内外的游客都慕名前来参观。南后街改造成了文化休闲步行街，两旁破落的古宅全部修复，一些名人故居、园林都恢复到了它们鼎盛时期的样子。著名的三坊七巷是已成为明清建筑博物馆，可以说是古城福州的标本。但在这三座坊七条巷以外，还有一些隐于闹市的小巷弄，人声杂沓中充满了更接地气的世俗烟火。

二

从南后街出发，过杨桥，往西湖，可经元帅路、卧湖路，也可从通湖路经善化坊再到西湖。在这些小巷中穿行，听叮当的自行车骑过，看街两边小摊小贩小店铺，更可感受市井烟火。

元帅路因元帅庙得名。这元帅是谁呢？

——"佛号歌舞菩萨，道称会乐天尊"，这元帅竟是主管歌舞娱乐的戏神。何以称之为元帅呢？原来本是唐玄宗李隆基的宫廷乐师，其俗名雷海青。传说安史之乱中曾救过唐玄宗的命，而且是死后显灵。见安禄山叛军追之将至，雷海青在空中显圣，率领神兵点火煽风逼退追兵。安史之乱平定后，李隆基敕封他为梨园总管，其后，南宋高宗赵构又封他为田都元帅。经过皇帝敕封逢年过节、元帅诞辰，庙内外演戏、评话、伬唱，热闹非凡。

元帅庙毗邻三坊七巷，门前原有一条南北走向通达闽江的内河，水陆运输对接方便，河两岸通称"元帅庙河沿"，附近的双抛桥有两个码头和木材市场，是福州城木材运输和加工的集散地之一。1975 年，河道被填平为路，因庙取名，才改称为元帅路。在这条路上走动，时不时可以听到依姆依伯提着满袋子的菜蔬，用外地人听不懂的"虎纠"话打着招呼闲聊，街边挤挤挨挨着各式各样的小店，卖菜的，修车的，钉鞋的，还有手工旗袍店，热气腾腾的包子店，浓浓的市井气息。

近两年，慢悠悠的元帅路又换了新颜，沿街店面统一装了店额，招牌也选用仿古木色，字体，大小都统一设计，整饬不少。一些参差不齐的搭盖被拆除了，路面也宽了，并且分为三道，中间行机动车，两边则铺上砖红色路面漆，印上自行车标志，专供骑行。走路累了，便可以租一辆便民自行车，沿着小巷慢慢骑，渴了，路边来一杯奶茶、烧仙草，饿了，来碗街边拌面扁肉，感受地道的福州味儿。

与元帅路十字相交的鼓西路是福州著名的花市一条街。路边小吃店，外贸服装店，香烛店琳琅满目，但最多最扎眼的还是鲜花店。街道两旁隔几步就摆满了鲜花，店铺里花摆不下，都摆到店门外了。透过玻璃门向店内看去，几个小姑娘正在修剪花枝，旁边有扎好的捧花，有瓶花……整个画面美得像一幅油画，爱花的人到了这里是走不动步的。

常常在下班后拐到这条街，相熟的花店小弟会告诉你，今天来了什么花，特别好。轻车熟路，打开储藏鲜花的冷库门，在一桶一桶簇拥的鲜花中挑选属于你的一把。是的，不是一枝一朵，而是一把，一大把，抱回家。

从鼓西路逛出来就是白马路了，如果不留意，大概不会注意到一条非常狭小的支巷——善化坊。拐进去却别有洞天，几乎就是瘦身之后的南后街了。和南后街一样的白墙青瓦石板路、一样的骑楼凉亭美人靠，挂着竹帘的古玩店，首饰店，钟表店，小小的，一间挨着一间，让人充满了探究的好奇。与人潮拥挤的南后街不同，这里几乎没有什么游客，炎炎夏日的午后三点，坐在门口发呆打盹的大爷，拖着人字拖的小孩儿，街边捡食垃圾的小狗，榕树上叫嚷的知了，让时光都慢了下来……但如果周末来这里，看到的又是另一番热闹景象了。因为紧邻着"藏天园"寿山石交易中心，这里也是寿山石交易一条街。两旁摆成一溜的四方小桌上堆满了各式各样的寿山石，有未经雕刻的原石，也有成品石钮石章，卖石的，买石的，观石的，都围着小桌子，或蹲或坐，人声鼎沸。

三

说福州是一座"古城"，其实也有它时尚与现代的一面。从南后街口步行十分钟穿过吉庇路就是津泰路。这条街不长，一公里左右吧，却是福州有名的时尚名品街。装饰豪华的店面里陈列着昂贵的品牌时装。津泰路位于安泰河沿岸，对岸是即将作为漆艺创意文化园区的朱紫坊，与南后街三坊七巷历史街区同属国家级文物保护单位。2016 年 7 月，这里举行了规模空前的国际漆艺文化双年展，来自国内外众多杰出的漆艺作品在这里展出，加重了福州这座城市的文化含量。津泰路与朱紫坊一河相隔，但早年的津泰路因为缺乏整体的设计与规范，整条街看上去风格各异，色调杂乱，与它作为商业和文化街区的功能不相符。从 2013 年 10 月开始，鼓楼区对津泰路实施整治，一些违章搭盖被拆除，街边楼面也装上统一色调的护栏。原本破旧的外墙统一整修翻新，穿上新的"外套"。人行道路面也进行了修整，原来横七竖八的雨污管网统一布线，缆线入地，并规划安装了夜景灯。整治完成之后的津泰路焕然一新，古典又现代的骑楼，五彩斑斓的夜景灯，橱窗里时髦的模特，街面上行走的摩登女郎，无不散发出时尚气息。

一张白纸好画图，改造一座旧城比新建一座城市更考验智慧。一座 2200 多年历史的古城，如何焕发出她新的活力呢？

位于市委对面的乌山社区，原是建于上个世纪 80 年代的市直机关宿舍，裸露的红砖墙，已经生锈的铁栏杆，以及那些刷着暗绿油漆的木质窗框都充满了 80 年代的怀旧感。当城市的发展如同时光机一般飞速向前，这几幢老旧的红砖楼房却一成不变地矗立在乌山立交桥畔。在来去飞驰的车流映衬下，竟有些时光错乱之感。如何让这些老旧民居焕发出新时期的新面貌，让居住其间的人们不致被时光遗忘？富有才华的设计师们在不改变原建筑结构的情况下，增添了装饰性的立体绿植，由上到下装点墙面。靠楼道的红砖墙外再加上一层钢架镂空护栏，可遮挡空调外机等杂物，厚重的洋红漆，让建筑整体看上去古朴大气，又充满了设计感。居民们自己搭盖的凉棚拆除以后建成微型广场，大妈们便有了跳舞健身的地方。原来有的榕树四周加装了防腐木花台，散步累了坐一坐，也可以起到加固树干的作用。福州是一个台风喜欢光顾的城市，有了这花台，大榕树或许不会被吹得东倒西歪。小区空地上用灰砖错落有致地砌成的风景墙搭配景观竹，平添几分江南的秀气与文雅。

乌山小区外围的东西河，是连接白马河与黎明湖的内河支流。早年间的东西河堆满了垃圾。如今，河道疏浚完成，沿岸还修建了木栈道，居民们吃完晚饭可以沿河岸漫步，走到黎明湖。对于附近的居民来说，改造后的黎明湖真正成了自家的后花园了。

听上了年纪的老福州讲，黎明河这一带过去长期以种植水稻、荸荠、莲藕、茉莉花、蔬菜和养鱼业为主，原先有大小鱼塘好几十口，盛产鱼虾、鳖、螃蟹等。鱼塘间隙地遍种荔枝、龙眼，这里出产的荸荠粒大皮薄，汁多味甜，畅销市场。但随着城市的发展，农业时代的田园风光已不可见，取而代之的是无序开发。至上个世纪90年代，黎明湖曾被出租作为鱼塘，岸边也是烧烤摊档林立，湖水淤塞，一度沦为垃圾场。

2014年7月开始，黎明湖迎来了新生。市政部门先是对原有池塘进行排水清淤，增设了公园的水体循环系统，同时将这些水塘与东西河打通，整合成一个完整的水系，并种植了大量的美人蕉、水生鸢尾、旱伞草、芦竹等十余种水生植物，提升水质，使湖泊具备自我净化能力，重建生态系统。为了与乌山景区深厚的历史文化底蕴相吻合，黎明湖内建筑也沿用了福州明清建筑的风格，白墙黛瓦，曲线山墙，古朴典雅。园区内步行道采用花岗岩边角料以冰裂纹的形式铺设，缝隙间冒出草皮草尖，自然又富有生趣。园内大榕树、芒果树林立，又新植了绿柳、碧桃、鸡蛋花、石榴观赏植物。午后徜徉其间，看红鲤争食，碧波初泛，如同走进一个水生植物的乐园。

已经记不清是从何时开始明显地感觉到，福州这座城市正变得越来越美。街巷越来越整洁，街边风景越来越多。榕树就不说了，它已经长在了这座城市的肌理当中，一些我们叫不出名字的花花草草也出现在我们生活的周围。佛家讲：境由心生，殊不知这句话也是可以反着说的——环境也能影响和改变心情。宜居，就是让生活其间的人住得舒服，活得自在。当我们穿街走巷，不经意被谁家院墙上翻飞的三角梅所惊艳，或走累了在某个街边的花台上随性而坐静听鸟鸣，这便是一座城市的诗意所在。

通往乌山的三条小径

史志中的乌石山

好像一个时间的老人，屹立于闽海的高处，看着脚下的风云变幻，几千年沉默不语。乌山，在某种程度上成为这座城市的精神向度，见证着福州的沧海桑田。

远古的时候，当八闽大地还是一片浩瀚泽国，乌山就已经屹立于此了——"五六千年以前，福州是一个大海湾，海水直达北峰山麓，露出水面的只有那些较高的山峰，如现在的屏山、乌山、于山、高盖山、大顶山、妙峰山等"，潮退之后，随着泥沙日渐堆积，加上人类有意识的围垦、改造，海岸线不断向外延伸，与许多岛屿连成一片。乌山就是冒出海平面的那一座孤岛。潮水落去，许多的沙洲露出水面，人们开始在这些土地上耕种，生活。

步入位于乌山顶的历史博物馆，你还可以从馆内陈列的一座座半身雕像上去慢慢还原这座城市所经历的朝代更迭。从开闽始祖无诸，到五代时的闽王王审知，再到宋代著名的太守程师孟、曾巩……这些知名和不知名而真实存在过的人就串起了这座城市的发展历程。

闽越王无诸为越王勾践的 13 代孙，越国解体后，移居闽地，自称闽越王。因不满被秦王撤销封号，无诸怒而揭竿，率闽中兵从诸侯灭秦。后又助汉高祖刘邦完成统一大业，建立汉王朝，遂被封为异姓诸侯。封侯之后无诸率民休养生息，农业和早期原始工业得到一定发展，百姓过上一段相对和平的日子，因此都对其感戴不已；王审知治闽期间也颇多善政，轻徭薄赋、兴修水利、发展农业、兴办学校、发展海上贸易，使福建经济、文化得以快速发展；但在他死后王家子嗣却骨肉相残，争立为王，战乱不休；程师孟在福州时间不长，从熙宁元年（1068）九月，以光禄卿出为福州知府至熙宁三年（1070）六月调任广州知州，不足两年时间。但短短的两年却让福州人民记住他千百年，盖因他在任上修城筑墙，疏浚河湟，修造桥梁，兴建学舍，更缘于他在乌山建道山亭，并请曾巩作《道山亭记》，传颂至今。与他相比，曾巩在福州的时间更短，可能不足一年，但一篇《道山亭记》却令福州人民永远地记住了这两位贤吏。

大约在曾巩走后六百年，清初邑人萧震在登上乌山邻霄台，放眼四野，看到的福州城却是一番凋敝的景象："……子固言，城内外皆涂，旁有沟通潮汐，舟载者昼夜属于门庭。今之潮汐果尽通乎？子固言，人以屋室钜丽相矜，虽下贫必丰其居，今之民居能钜丽乎？瑰诡之与殊绝勿论矣。由子固与宋之闽人观所谓山川之胜、城邑之大、宫室之荣，不下簟席而尽于四瞩，由震与今之闽人观所谓山川之胜、城邑之大、井里之凋残，亦不下簟席而尽于四瞩也……"（萧震《邻霄亭记》）此时正值耿精忠叛乱时期，自康熙十二年（1673），朝廷颁布"撤藩令"，吴三桂、尚可喜、耿精忠相继造反。至康熙二十年（1681），耿精忠被解往北京处决，历时近三年，闽中十府二州早经战乱蹂躏，民不聊生。丁忧回家的萧震身陷耿乱之中，随时都有性命之虞，此时的他登上乌山邻霄亭，所见所闻怎么不满目疮痍，四野凋敝？

盖一座城市盛衰有时，一座山盛衰亦有时。我们能记取的大概只是兴茂繁盛的瞬间，而不愿直视那些风雨如晦的漫漫长夜。经历了开闽之圣的乌山同样经历了伪闽时代的风雨飘摇，横征暴敛；经历了政通人和康乾盛世的乌山，同样也经历了藩王叛乱，倭寇之扰……乌山和这座城市一起被时间的潮流所冲刷、裹挟着一路向前。

到了清末民初，这个饱经沧桑的老人又默默地遥望着咫尺之外的三坊七巷中走出一个个家国男儿，目送他们义无反顾地跨出家门，投身风暴中心，或以一己之力力挽狂澜，撑起一个即将倾颓的王朝，或摧枯拉朽，建立一个崭新的世界……

神怪出没的乌石山

相对于史书故纸里被涂抹上过多政治色彩的乌山，我其实更愿意从另一个浪漫的角度去感受乌山——一个神话传说中时隐时现的道家仙山，一个满山都住着精灵神怪的乌有之山。

《闽都别记》是一本记载着福建民间传说的奇书，原名《双峰梦》，站在乌山北门的景区指示牌上，中心位置还能清楚地找到"双峰梦"这个景点。那些绵延千年的传说故事就从这里讲开去。"……早年乌石山地僻人稀，山麓有一处士，姓周名朴，字太朴……"早年这个城市的居民们活动半径小，野峰险径、神怪四出，乌山当然是人迹罕至，只有周朴这样的隐士隐居于此。周妻郑氏早逝，他就带着儿子住在乌山，早晚只和山上的懒安师傅谈佛论道。某日二人游玩至双峰寺内，周处士疲倦困顿，在寺中长凳上打盹时做了一个奇怪的梦，醒后将此梦境诉诸好友懒安，懒安解来，双峰一梦竟预示了即将到来的杀身之罹以及周家后世三代子孙海内飘摇之奇缘，乃至闽都朝代的变幻更迭。

　　神话梦境，虚虚实实，周朴做梦之时代，大致对应唐僖宗乾符二年。时山东曹州黄巢聚众几十万，抢掠州郡，由广东入闽，杀戮无数。福州太守郑镒懦弱无能，不知练兵抵御，只是日夜修斋念经，祈求佛祖保佑。太守如此，民间百姓更是无力自保，纷纷走避。周朴倒好，把儿子周启文托好友带走逃命，自己却跑回乌山家中坐等，要与黄巢理论。次日上乌石山顶时，望见旌旗蔽空，战鼓震地，大兵接续数十里之远。周处士知是黄巢来了，便摇摇摆摆来到军前，劝黄巢改邪归正，卸甲投诚，却被黄巢手下兵卒押出帐前，一刀砍去，头首落地，《闽都别记》里说他被杀时"并无点血，停了一会，喉管中突出一道白膏喷向黄巢帐内。"黄巢一看也大惊失色，后来发生的一幕更带有戏剧色彩，黄巢竟遂下令前军即行，后军明日相断退去。因此黄巢至福州只二日，全军由北而去了。乡人感之，建庙祭祀，名"刚直庙"。刚直庙位于石山邻霄台侧，今已无可寻。

　　这故事真真假假，着实看得叫人纠结，如此迂腐甚至犯傻的行为在今天的人看来实在是很不能理解，其荒谬程度大概可以和堂吉诃德举着长矛向风车开战相提并论了。但风车未曾伤人，黄巢却结结实实地要了他的命。相对于传说的悲壮，真实的周朴其实更以诗文名世，但其迂腐与滑稽丝毫不减。他作诗极重雕琢，盈月方得一联一句，可谓"月锻年炼"，其《董岭水》有"禹力不到处，河声流向西"一句。有人为了捉弄他，故意当着他的面念成"河声流向东"，吟罢即骑驴迅跑，周朴急行数里追上他，纠正道："朴诗'河声流向西'，何得言'流向东'？"还有关于他的另一则小故事：某日，周朴路遇一砍柴负薪者，忽然抓住他，大声说道："我得之矣，我得之矣！"樵夫莫名惊骇，弃薪而逃……这几位怎么看怎么像蔡志忠漫画里的无厘头形象，一下子将他舍身退黄巢的"刚直悲壮"消解成了滑稽。

周朴死后，《闽都别记》的故事就围绕其子周启文、孙周艳冰几代人展开。周启文与九仙山下妙龄女子吴青娘逃乱中误入榴花洞，暗生情愫，黄巢大兵去后互结连理。后代子孙周艳冰、周新月、吴云程、铁麻姑等几代人游历四海万国，历经种种奇幻险境，最后周启文与吴青娘双双魂归乌山羽化成仙，种种情节，合于多年前双峰寺中一梦，梦里梦外皆乌山。

《闽都别记》还有另外一条重要的故事线索即临水夫人陈靖姑降魔除妖，庇佑人间。传说陈靖姑出生于仓山下渡，乃观音指甲所化，后学法于闾山道士，法力高强，收妖伏魔，无往而不利。

她手下有一员得力干将，本来也是作乱民间的妖怪，后来被她收服了，成为前锋战士，被封为丹霞大圣。丹霞大圣原来只是一只得了道行的千年猴精，生性风流，神通变化。因探知江南扬州一户人家中，丈夫姓杨名世昌者外出做生意了，留下年轻貌美的娇妻在家，这猴头就变成丈夫的模样，与其妻同衾作乐，等真正的丈夫回来发现了，要报官查验，妖猴又变作县衙的样子，大闹朝堂。众人无法，求陈靖姑赶往收之。靖姑从闽地缩地法即入扬州，执剑入房，与猴精斗法。那妖怪先是变成一只赤毛猴持棒与靖姑打斗，不敌，变做一只大犬，被困屋内逃不出，又变作一麻雀欲飞，被陈靖姑手下神兵捉住，变成一蛤蟆伏于地板下，最后现出原形，乃一千年赤毛猴精，名丹霞，被陈靖姑降伏后带回福州乌山宿猿洞继续修行。后来丹霞大圣追随陈靖姑降妖伏魔，在收服石夹女、长坑鬼、挨拔鬼、蛇精等妖怪时屡立战功。如今的福建民间很多地方仍然信奉丹霞大圣，如诏安、永泰、连江包括台湾地区普遍设有大圣庙、猴王庙。而其祖庙则公认位于福州乌山的宿猿洞。据福建社科院的徐晓望教授考证，《西游记》中的齐天大圣的原形来自福建，其来源也和丹霞大圣有着或多或少的联系。而位于乌山的"蟠桃坞"和位于西湖的"水晶宫"等古地名亦可佐证这种推测。

除了丹霞大圣，陈靖姑手下的石夹女起初也是乌山上的妖怪，专迷青年男子。说是陈靖姑追讨长坑、挨拔鬼途中路过乌山时，见山中有妖气。便化作青年男子，被石夹二女引诱入洞。二女本想食其精髓，却被靖姑及丹霞大圣收服。原来二女同属一体，为山中石头，被雷震作两片，遂感两仪之气，钟三山之灵，化为二女，诱人以色，夹食其血。被靖姑降伏后，与之结为姐妹，重修正道于薛老峰下，即后世所尊之为石氏夫人或石夹奶者。

乌石山作为这些鬼怪传说的起源地，一草一木一峰一亭都被赋予了远古和神秘的色彩。如果你听过读过这些传奇的故事，在游走乌山的过程中，就会生出许多不被人知的探秘寻幽的趣味。也许不经意间踩到的一块石子就是那个开启神秘世界的法门，一下子将带你回到远古洪荒中那满是神仙妖怪出没的神山幻境。

脚下的乌山

领略了神话传说的恣意纵横、虚无缥缈，不如再回到现实的乌石山，找找真实的感觉。大概没有哪座山会像乌山这般既遥远又亲近，既神秘又真实，让人充满想象，又触手可及。

其实乌山海拔不过 86 米，相比起其他地方的名山大川，它既没有险绝风光，也没有巍峨气势，"一小培塿尔"（萧震语），何以吸引着历代文人墨客登临唱记之。清人郭柏苍居光禄坊，视乌石山宛如自家后花园，一月登不下数十次，写成洋洋洒洒《乌石山志》，其述不可谓不详，其情不可谓不深。盖与山毗邻，人和山是会有情感呼应的。乌山不光存在于历代史志与神话传说当中，也如此真实地存在于我们熙来攘往的生活中，在我们每日上班下班可以抬头望见的地方，在我们周末和家人散步时信步可达的地方，在我们买菜逛公园都可以路过的地方——甚至当我此刻敲下这些文字时，它就在我的脚下。从最初避世的桃花源到如今身处闹市的绿地景区，它完完全全地融入我们的生活，融入这个城市。

如今的乌石山仍保留着 36 奇景中的大多数景点，如天香台、冲天台、古放鹤亭、道山亭、先薯亭等等。山上石刻更是数不胜数，尤以唐代李阳冰"般若台铭"篆书石刻最为著名，吸引许多前来探寻的足迹。为了还绿于民，原本一些政府机关、商业机构也从景区内迁出。徜徉其间，古榕碧桃杜鹃绿草高低错落，名人胜迹应接不暇，人文景观与自然景观交相辉映，虽面积只 26 公顷，却令人流连不已。

常常在阳光明媚的时候会有一拨一拨的情侣穿着华美的礼服来这里拍婚纱照，满山高低错落的绿树红花给他们未来的甜蜜生活铺垫了一种生气蓬勃的底色；也会有一群一群学习绘画的孩子来这里实地写生，他们在老师的要求下对着一远一近的双塔涂涂擦擦；还有退休的老人上坡累了坐在亭里歇脚喝水，他们也像年轻人一样举着手机东拍西拍……这就是乌山，有说不完的故事，有翻不完的陈迹，也有看不完的当下美景。

山脚下咫尺之处就是奢侈品牌集中的冠亚广场和大洋晶典，商业和文化就这么互相拉扯也互相依偎着。有人为乌山景区内出现这么现代的设施感到委屈气闷，认为这破坏了乌山景区的整体风貌。但屹立了几千年的乌山什么兵荒马乱、动荡变迁不曾经历过？谁又能想象，几千年后这里会是什么样的新鲜景象呢？就像清人萧震谈及题刻、石头、文章与人的记忆，四者寿命谁更长久一样，当千年的石刻消失了，石头还在那儿，石头不在了，那些故事还在，故事在，人们对于乌山的记忆就还在。

烟台山断想

三米之遥的烟台山，是我此前不曾发现的秘境。

走进这片荒凉，我忽然想到史铁生，在他双腿失去行动能力的那些年里，他常常一个人滑着轮椅进入北京的地坛公园，一坐一天，发呆、沉思，放空……周围的一切凝固停止，只听到他头脑中思维叩问命运的撞击声。北京的地坛公园我没去过，可当我走进烟台山，好像走进了地坛。

"我在好几篇小说中都提到过一座废弃的古园，实际就是地坛。许多年前旅游业还没有开展，园子荒芜冷落得如同一片野地，很少

被人记起。"——《我与地坛》

一样的废弃的古园，一样的荒草丛生。到处是被推倒的断壁，
瓦砾。对岸就是繁华地，中间只隔一条闽江，站在此岸即可清晰地
听见对面商业街店面里沸腾的人声和夸张强劲的音乐，更有一声一
声沉重的撞击声响，那是打桩机在工作，一声声重锤落下，一幢幢
高楼耸起。江中不时传来游轮的汽笛，又远又近，那是观光的邮轮
在往返间惊飞白鹭。

而站在此岸，仿佛藏身一处文明社会的洞穴，只需伸个头，听
闻这一切，观看这一切，但随时可退回思想的栖息地。在这里适合
漫无边际地或走或停，或找个石凳坐下来，随便，没有人打扰或干
涉你，有的只是一片自由疯长的荒草。想来是宫崎骏的动画看多了，
总觉得不可忽视这一处废园，说不定里面有一个秘密通道，通向另
一个神秘世界呢——千与千寻？异次元？再不济，也总有一家"偷
东西的小人"生活在此吧，阿米埃蒂，你看见了我了吗？甚至那一
池不见底的绿得冻住一般的喷水池里或许还蜷缩着一条巨龙呢？

"福州烟台山位于福州市区南台岛北端仓前山梅坞（亦名藤山）
顶，北临滔滔闽江。据《藤山志》载：'自元末迄清初，中洲设有
炮台、炮城，因于隔江藤峰绝顶，设立烟墩，以为报警之用。'故
名烟台山。传说明朝戚继光入闽剿寇的营防设此，马厂街就是当时

戚家军养马处。"——这是在网络上查到的关于烟台山的介绍，想来也曾有过一段狼烟烽火，号角连营的峥嵘岁月。

沿公园内用碎石铺就的小道行至烟台山顶，尚可见一处残破的炮台遗迹，废铁般青灰的表面已经锈蚀，残破的表皮下露出砖石的骨肉，整个废弃的烟台就像一只缺角的破碗倒扣于此，有点英雄末路的悲凉。而在它周围一小段锯齿状的防御墙也证明了曾经万夫当关的风火岁月。那又如何呢？当年的法国军舰从闽江长驱直入的时候，它们到底有没有发挥预警或威慑的作用？在有限的资料里，并未看到有关烟山炮台的记载在这场战役中的作为，只看到马江海战中面对法国军舰的挑衅，马限山上十几门炮台有发出抵抗的怒吼，但在朝廷一再的延误与阻碍下，战机延误，形不成防线，那到南台时是否已经如入无人之境了呢？当时张佩纶主张开炮，但朝廷却奉行不抵抗政策，且谁先开炮还要问罪，那这尊驻守后方的古烟台是不是也和海军阵营中那些群情激昂，跃跃欲试的热血男儿一样，空将保家卫国的抱负付了一纸看不懂的圣旨？如果它的建成和废弃都只是一场虚无，而半个世纪过去，仍旧这么半拉子呆立于此，仿佛一个历史的创口，面对无尽漫长的质疑和嘲笑。不过人的命运何尝不是如此，上帝造一个人，总会赋予他某种价值，可是，常常因为被放错了位置，或时光不予，一生的存在只成了一个摆设。谁也没有资格笑话谁。

一如公园廊坊前那两只寂寞的石狮子，多少年了，始终这般姿态，默默地守候在这里，人多时如此，人少时亦如此。如果时间可以赋予他们灵魂，在午夜寂静的时候，它们会互诉怎样的感慨？

公园的一隅有个待拆的养老院，太阳好的时候，会有三两老人走出来晒太阳，打太极，或伸展一种没有套路的体操。时光和老人的脚步一般缓慢，甚至是凝固在石头上不曾流走。在这样的午后，阳光懒懒地晃着，眯缝着眼看这一切，忽然有一种奇怪的感动。

顺着公园回廊走向腹地，还可看到一片不大的梅园，里面还剩几棵红的黄的老梅花，冬天梅花开放的时候，也会有一些文艺青年拿着相机来此拍摄。其实古烟山一带原名"梅坞"，多浪漫的名字，比武侠小说中杜撰的"桃花坞"还引人遐想。据说那时漫山遍植梅花，冬春之交，满山香透，城里（即以闽江为界，对岸为城里，此岸就出城了）人士来此赏梅的络绎不绝。又说"从中洲南端，远望梅坞，有如雪海""琼花玉岛"，光看这些形容词，美得令人眩晕。只不知道植的是什么梅，开时有浓香，应该是蜡梅，我曾在成都的塔子山公园领略过梅丛盛放时如香海般醉人的馨香，小朵小朵如黄玉般的蜡梅缀满枝头，有的花瓣散落满地，都不忍下脚。而在四川师大的校园里一到冬天也可见一片枯枝中黄梅点点，循着幽香行到梅前，总忍不住想折一两枝带回宿舍插起来，所谓折花不能算偷花，哈哈，人生总得做一两件浪漫的坏事，才不会太无趣。但这里说的似乎又不是蜡梅，因为"梅坞花开时色如白雪"，白色的该是什么品种呢？大概是青梅。

眼下能够看见的是眼前高高的野草淹没了小道，未经修剪的疯长的树枝高过亭顶，乱七八糟地伸展着，尽情地在享受着凌乱的生命。

枯坐其间，不由得开始思索枯与荣，新与旧的问题，永恒是什么，盛衰是什么，繁华和落寞又是什么。或许只有欣赏得来落寞与荒凉，对于人生才有更加完整的理解吧。

麻木而忙碌的现代人，感官已经失去了功能性，一定要无比强烈的声响和震动才能唤得起半分反应。于是我们建起现代化的游乐场，我们从高空急速坠落，伴随着震天的尖叫声，我们坐在貌似安全的铁皮车里，用力地互相撞击，只有这样，才能稍微震荡昏昏欲睡的神经，我们甚至发明了更为极端的虐乐方式，如搏击俱乐部里的互殴，甚至用铁钩剜进肉里，是谓行为艺术，以此唤醒一点点疼痛感。可往往越疯狂地追求，越是换来更大的虚无。

史铁生说他家离地坛公园非常近，近到忽视了它的存在——"地坛存在了四百年，他没有发现，而在他人生活到某个狂妄无知的时候，突然失去了双腿，人生似乎坠入万劫不复的深渊之时，他才走进了地坛，发现了地坛。"地坛于他或可算做一个灵魂获得释放与升华的秘境。和地坛一样，烟台山人不多，很少，自私地想这样正好，这样才是属于我的秘境。诗人王小妮说诗歌是她的老鼠洞，是她得以在藏身和退守中保持安宁和自我的栖息地。其实何止诗人，现实社会中每一个人都在寻找一个老鼠洞，聊以安放动荡不安的灵魂。但愿烟台山就这么继续隐匿于闹市中，别被轰隆隆的挖掘机吞噬，一个城市，总该有一两处这样荒废的所在，来平衡这世界过分快进的脚步和杂沓的喧嚣。

跟着郁达夫游鼓岭

1936 年的春季，郁达夫游遍了榕城的山水，写下了洋洋洒洒的《闽游滴沥》一组。除了大家熟悉的"饮食男女""西施舌"以外，还专门补记了一篇到鼓岭游玩儿的文字。文中说："文字若有灵，则二三十年后，自鼓岭至鼓山一簇乱峰叠嶂，或者将因这一篇小记而被开发作华南的避暑中心区域也说不定。"

果然文字有灵，他这一预测成了真。如今的鼓岭，确乎已经成为了绝佳的休闲度假处。

郁达夫爱鼓岭，是因为相比莫干山、鸡公山，鼓岭是小家碧玉，无暴发户气，"小小的厨房，小小的院落，小小的花木篱笆"。诚如斯言，鼓岭上这些被花木篱笆围起来的小小院落，真是美好。几乎每一座石砌别墅前总有一丛丛的野绣球，不说那开得一簇一簇的粉白小花，单是那葱茏碧绿的叶子，就已经看得人满眼清凉。它们拥挤着，像闹喳喳的小姑娘挤成一堆。有的小枝小叶调皮起来，也不管木栅栏的约束，从缝隙中恣意地伸展出来。鼓岭云雾重，空气湿润，这些小花小草真是被宠得过分了。

郁达夫当年看到过的网球场、游泳池、公会堂、礼拜堂，有的已经废弃了。一张拍摄于民国的老照片上游泳池是蓄满水的，可是享受其中的并不是优雅的小姐先生，而是一头老牛。旁边是两个戴着洋帽穿着洋裙的外国小姑娘在大叫。这幅图有趣极了。老牛一副气定神闲的模样，哪里听得懂外国人的叽哩哇啦呢。如今的游泳池已经干涸，旁边的更衣室改作一间茶室，作为福州名茶"春伦"茉莉花茶的一个展示点。据说当年洋人更衣之后穿着泳衣在这里做热身运动，常常引得村民们探头探脑、观看议论。当然，中西方的文化习俗骤然碰撞到一起，免不了会擦出异样的火花。这一点在夏季邮局旁边的古井上有不同的体现。当时洋人和本地居民如何相处的细节，我们可能不能一一还原，但从刻在古井沿壁上"外国本地公众水井"几个字或许可以窥见一些端倪。朴实善良的乡亲除了邀外国人共饮一口井，有的还帮外国人挑水，以此赚些外快。

在众多的遗迹中，礼拜堂还持续地发挥着作用。据当地人讲，鼓岭上居住的村民几乎家家都信教，重大节日除了做礼拜还在教堂内举办宴会。我曾经在一次路过教堂时看他们宴会之后的收拾张罗，小山一般的碗碟堆在大大的浴盆里，一大群人在围着洗碗聊天，好像做寿宴一般热闹，这大概也算宗教本土化。

郁达夫和朋友们上鼓岭游玩是在 1936 年的清明节。刚好撞见当地人大摆清明酒宴，"在光天化日之下，岭上的大道广地里，摆上了十几桌的鱼肉海味的菜……一位须发斑白的老者，却来拱手相迎，说要我们去参加吃他们的清明酒……"他还记得那当地人酿出的酒的颜色"红得来像桃花水汁"。这一幕浪漫得让人想起桃花源。不想我们上山的一日，也同样遇见当年的老神仙。那一日上到鼓岭，被突如其来的暴雨阻住。我们一家三口只好站到一户人家檐下躲雨。那家主人正和朋友坐在门口泡茶聊天，赶忙站起来问我们小孩会不会冷，三番五次要邀我们进屋去避雨，丝毫不在意我们满脚的污泥。

这家的小女孩大概四五岁的样子，手里擎着大把玫红鲜艳的野杜鹃。我忍不住赞叹真好看。小女孩嘴巴一咧笑着把花递到我的面前，阿姨，要吃吗？我非常惊讶。小女孩妈妈看我不可思议的样子，扯了一瓣放进嘴巴——这花真可以吃，要尝尝吗？我半信半疑。也撕了一片花瓣放进嘴。初时无味，略嚼，竟真有一股酸味出来，一下子口舌生津。这太奇妙了，在陌生人的家中，我第一次尝到了花瓣的酸甜。

福州城其实就在鼓岭山脚下，山上年轻的村民都在城里工作，也有一些退休之后眷恋土地，归乡过着农耕生活。尤其是一些年迈的老人，他们依然每天要扛着锄头去地里活动活动。行走在鼓岭的小路上，可以看到他们种出又嫩又大的白萝卜，刚从地里拔出来，还带着湿润的泥土；也有鼓岭特有的"亥菜"，捆成一小把一小把，野韭菜一样摆在路边，一把一元，游客自觉将钱扔到村民们准备好的菜篮子或可乐瓶里。

这家主人家门口也摆着几把新鲜的时蔬，与其说贩卖，不如说是消遣，因为看他们这修得颇豪华的三层小楼，大概指不上几把小菜换钱买米。得知我们等车下山，主人家很关切地问要不要帮忙联系……难怪，当年郁达夫深情地记道："千秋万岁，魂若有灵，我总必再择一个清明的节日，化鹤重来一次，来祝福祝福这些鼓岭山里的居民"。这些居民或许是因为远离尘嚣与山林为伴滋养出的温润纯朴，又或许是心中宗教长期向善的教化，身上还保留着纯真的热情和善意，时隔近百年，依然未泯灭。郁达夫是否化为飞鹤来过呢？或许空中那点点白鹭，有一只正是他呢。

那一年清明郁达夫和朋友们是从哪条路上的鼓岭没有清楚记载，只说下山是由浴凤池走古道至鼓山白云洞，这一路行程至少也要一个半小时。彼时尚未修建公路，只能步行。如今修了公路，也有不少人为了锻炼，徒步从白云洞走上鼓岭。当我们一家三口坐在柯坪水库的大坝上悠闲野餐的时候，三三两两健行的人挂着登山杖从山林间走下来。先闻其声，再见其人，两两相望，真是各自羡慕得很。我们佩服他们的强健的体力和消耗掉的卡路里，他们则一副又渴又饿的样子，羡慕我们面前摊了一地的香肠鸡爪。

我们自然没有步行下山的勇气和耐力，只好在雨停之后乘车下山。雨停了，雾也散去，这时候才看清沿路两旁秀丽的山景。鼓岭公路被称为福州最美的盘山公路一点儿不夸张。清明谷雨时节，正逢春水初涨，山涧流水淙淙，时不时可看见挂在悬崖上的瀑布溪流。两岸繁花杂树，羊蹄甲正开得热烈，几乎覆盖了整个路面上空，真所谓花封之径，云上之路。我们坐在车上，时常看见迎面有健壮的骑行者正伏在自行车上，用力往上蹬。鼓岭公路全长约15公里，整个骑行大概要两三个小时，这些骑行者真厉害。虽然上山时辛苦，但想象一下下山一路滑行的自由与轻松，真有浴风飞翔之快感。也难怪车友们说上山是地狱，下山就是神仙。

想起上鼓岭之前邀好朋友一起，朋友问去鼓岭玩什么？我竟一时语塞。这个问题很难回答，因为鼓岭不像其他地方可以一言概括，如林阳寺的梅花、嵩口古民居，而鼓岭似乎难以一言蔽之，因为可玩的点太多——文史爱好者可以跟着地图寻找百年前洋人居住的老别墅，文艺青年可以到新开的"大梦书屋"点一杯咖啡读一本闲书，也可以纯粹享受自然，于云遮雾绕的群山之巅看闽江东流，或在郁郁丛林中看深潭静如处子。哪怕在长满青苔野草的石阶上闲走，或在开满鲜花的篱笆前发呆，也没有人来打扰——而除开这一切的一切，最让我想要介绍给朋友的，还是鼓岭山上这些可爱可亲的村民，有什么景致比纯朴热情的民风更让人感觉舒适和煦呢？

鼓山之巅

　　喜欢福州是因为这座城市开门见山。连绵的青山包围着我们居住和生活的地方，不太近又不太远，抬头即可望见，刚刚好。

　　我常常站在某一个点四顾张望，望来望去，最高的地方还是北边的那一座山峰，你一定也曾望见过，在峰上还能依稀望见两颗圆球一样的东西。当我骑车过闽江时抬眼望见它，步行在城区时也能望见它，站在任何一个地方抬眼向北，都能望见它。

　　眼神可以轻易到达的地方，脚步不一定能到达。黑黝黝的山峰只能远望，无法像神笔马良凭空画出一条直达山巅之路。于是这座顶峰就成了可望而不可即的念想。

与一座山的缘分很是奇妙。很多次我以为对于它我只是个过客——甚至对于这座城市我也只是个过客。但日子却这么一天天地延续下来，和这座城市的联系也一天天紧密起来。恍惚间，十年已过的时候，我才发现我已经渐渐地融入了福州这座城市，对这个城市的山山水水越来越熟悉，也越来越有感情，甚至一些老福州不曾到过的犄角旮旯也被我误打误撞地遇见，一些当地人无缘见识的细小美丽也被我收藏。

这山峰就是其一。

本是去半山上的涌泉寺。在同行的赵可梁老师领着我们一行人参观了寺内的藏经室、瞻仰了佛祖舍利之后，似乎天色尚早。站在涌泉寺的大殿门前，赵老师遥望着殿后高耸的山峰说，看来今天我们可以到达鼓山大顶峰啊，上面的石刻可是很值得看呢！但马上又有点担忧地说：不过不知道我们今天运气好不好，能不能打通关卡呢。

我们都在纳闷，不过是攀爬一座山嘛，哪来这么多玄妙呢。事后才知道，这大顶峰因其独特的地势，已经作为军事要冲，常年有三军部队驻守，为一般人不可随意乱闯的禁区。

于是更增添了大家想要一睹其风采的热切之心。

赵老师在鼓山从事旅游工作大半辈子，常年往来于鼓山上下，对这里的一草一木一僧一刹都熟悉且深情，连他都不敢保证能上得去顶峰，我们此行也只能碰碰运气。果然，车辆未行至山顶，便有部队士兵过来盘问。赵老师赶紧搬出熟识的某位首长，并向士兵介绍说我们此行只是几个文人想瞻仰上面的石刻云云。几经交涉，终于答应我们只能步行上山，车停在一旁，总算过了第一道关卡。此时赵老师满脸严肃地交代大家，到达山顶的时候，不能随便拍照，也不要多话，以免造成不必要的麻烦。于是大家更是又紧张又兴奋，好像正在进行一次冒险之旅。

没走几步，后面又有车追上来，挡在我们前面盘问。大家都噤声，等着赵老师如何应付。还好，讲了几句，坐在后座的长官居然和赵老师握了握手。看来这道关卡又解除了。大家都开玩笑说这真有点勇闯夺命岛的刺激。

一边往山顶走，沿途便开始呈现出不一样的景致。往山下看，城市变成一座沙盘，慢慢展示出它的全貌。耳边的风也开始有了呼呼的声音和冷冷的触感。等走到山顶，看到两个巨大的圆球一样的东西，我才忽然想起来，这就是我常常站在山下仰望的那座山峰啊。只是站在山上看到的，跟在山下看到的风景完全不一样。我从来未曾见过这样面貌的福州，所谓的海山蓬莱，我终于明白，绝非徒有虚名。半山的云雾随心所欲地移动着，堆积着，来时的道路也被阻隔了，仿佛这白练一般的蜿蜒道路直通云层。

天上的云雾也跑来捣乱，一会儿挤在一起不让阳光露脸，一会儿给夕阳让出一点儿空隙，于是便有少许红色的光柱散射出来；一会儿又大方地让阳光全都透出来，好像洞开了一个崭新的世界。于是我们便可以借着光望极远处群山尽头的闽江入海口，甚至有人夸张地说可以望见台湾乃至琉球的海域。此时如果有高倍望远镜一定可以望见海上移动的船帆点点。而群山起伏都在我们脚下，最远处苍茫的大海，竟然是静止的，甚至是有点迷蒙的，跟天边的云雾是模糊成一片，不仔细看完全分不清哪是海哪是山——这是我从未见过的福州，车水马龙变幻成寂静的群山在望。

这时候胸中便生出豪迈之情，忍不住想对着群山长啸几声。

相对于我的无知痴迷，同行的黄文山老师则更关心峰顶岩石上难得一见的石刻。他在福州六十几年，早就想一睹大顶峰上的石刻作品，却到今天才第一次上得此峰。

在他的指引下我们攀上爬下，见识到不同时代的人在这里留下的痕迹：有清代两江总督、马尾船政学堂创办者沈葆桢题写"乐善不倦"四字横式行书，沉着静敛，还有乾隆时福州郡守李拔的"欲从末由"，质朴而耐人寻味，明代汪文盛题写"青天白日"，对照此时天气倒真是贴切……众多的题刻中最著名的莫过于朱熹所书"天风海涛"四字。就着这沉雄苍劲的四字行书，文山老师将一段高山流水的知音佳话娓娓道来：

　　宋代著名的理学家朱熹曾多次到福州讲学，他与两知福州兼福建安抚使的赵汝愚既是师生又是好友。淳熙十四年（1187），因受谤而无心仕途的朱熹，辞掉江西提刑的任命，匆匆来到福州拜访知州赵汝愚。不料，早此一年赵汝愚已调往四川任制置使去了。只在临行前于鼓山临沧亭外墙上留下题刻："灵源有幽趣，临沧擅佳名。我来坐久之，犹怀不尽情。……淳熙十四年正月四日愚斋。"睹物思人，怅惘难遣，朱熹亦在壁上题刻以和。

　　三年后，赵汝愚再次入闽任职。次年，绍熙二年（1191）他又登上鼓山，看见朱熹留下的题刻，大为感动，于是，在朱熹题刻的右侧题下诗句："几年奔走厌尘埃，此日登临亦快哉。江月不随流水去，天风直送海涛来。故人契阔情何厚，禅客飘零事已灰。堪叹人生只如此，危栏独倚更徘徊。"而此后不到一个月，赵汝愚又调离了福州。

　　后来，朱熹再次登临鼓山，看到自己题刻旁边赵汝愚的诗作，心潮难平，就从"江月不随流水去，天风直送海涛来"的诗句中，节选"天风海涛"四字，镌刻在绝顶峰巨大秃石上，题款特别注明："晦翁为子直书"。

两位好友数次往来福州却几经蹉跎都无缘相会，从政者命运的起伏无常与古代社会的沟通不便自令后世观者唏嘘遗憾，但这镌记于石头上的朱红印字却也长久地诉说着友情的真挚。我不禁想，如果生活在现代，二位大概就不用这般周折了。在照相术和摄影术被发明的今天，即使错过了相遇，也可以通过影像传输，千里如晤。甚至有了智慧型手机以后，随时随地都可以通话、交谈，借助网络我们还可以随时把自己的行迹拍摄保留，分秒钟内就发送到世界各地。再也不用千辛万苦地攀上高峰，更不用将经年累月地想念只付于斧凿壁的寥寥数语。但回头一想，如果少了这中间漫长艰难的过程，又仿佛少了什么很重要的东西。就像赵汝愚和朱熹如果用一个电话一封邮件就完全解了二人的困境，二位之间的故事大概不会再流传下来被今天乃至后世的人看到了。现代文明有时候也成了一种稀释剂，稀释着许多美好的东西。

大家争相品赏题刻，合影留念，不觉山风已冷，同行者都有点瑟缩起来，夕阳也沉到山尽头。我们只能不舍地离去。想着这一趟侥幸的相遇，是多么难得。下一次再上大顶峰，就不知是什么时候了。

透堡小镇的别样风情

碧血黄花

未去透堡之前已听过这个地名。

这个看得见红色晚霞的小镇因为黄花岗起义当中牺牲的十位烈士而充满了一种血性与传奇色彩。当年林觉民奉孙中山先生之命回闽招纳起义之士，一声呼喝，在连江透堡开武馆的吴适就带领着 26 位义士加入黄兴的选锋队，后起义失败，九名烈士（后经查为十人）永远留在了黄花岗，因为和辛亥革命的联系，连江透堡足以和广东的黄花岗并列，成为中华民族革命史上两个闪亮的地理坐标。是什么样的土壤养育出这样的热血男儿？

连江透堡人习武之风古已有之。咏春白鹤拳的创始人方七娘曾在连江地区传授。而当年大名鼎鼎的抗倭英雄戚继光也曾领兵驻守于此，令许多觊觎内陆的东洋贼寇胆寒，未敢越雷池半步。镇上一些稍有年纪的村民至今还对当年连江军事家陈第如何向戚家军献计，以泥橇神器助戚家军行军滩涂如履平地之抗倭故事津津乐道。即便到现在，在透堡仍然开设有武馆，一些人家的小孩儿还会在课余被送到武馆里学习武术。

侠义尚武之精神在这个小镇古已有之。当尊严与生存都得不到基本的满足时，总有人不愿臣服，揭竿而起。所以1930年透堡地区发生声势浩大的农民抗租减租暴动就一点儿不奇怪了。如果说在当时国民党统治下的中国就像一个随时可能爆炸的火药桶，那么出产英雄与烈士的透堡无疑是离引火线最近的地方。当年在地下党员杨而菖等人带动下的农民起义震动了福州和闽东地区，这次暴动虽然引起地主和统治阶级的疯狂反扑，但农民们的怒火如同一枚燃烧弹，照亮了暗夜般的祖国东南地区，与全中国燃起的反抗火炬遥相辉映。

于是我相信在透堡人的血液里天生就有一种不甘压迫和奴役的基因，或许是从小在大江大海边扑腾讨生活练就的胆魄与胸怀，敢于冒险与拼搏，也敢于反抗与行动……他们骨子里的这种热血精神为这个古朴的小镇天空染上了一层鲜艳躁动的红色晚霞。

面朝大海

从当地海拔最高的炉峰山向下俯瞰，透堡镇安居在离海边半小时路程的港湾里，像一个大海上的摇篮。如今的透堡人，被庇佑在轻轻摇晃的摇篮里，把风暴忘记，平静安稳地生活着。没有了烽火与硝烟的和平年代，让自己安稳富足就是他们最大的梦想。当地人自豪地向我们介绍，这小小的海边小镇已然诞生了为数众多的巨商富豪。

六七十年代，就有胆大者漂洋过海去外面的世界打拼，印尼、菲律宾、马来西亚乃至美国、日本，他们带回巨额的财富。房地产的黄如论、盛辉物流的创始人都出生在这里。以他们为标杆和带动，又有数不清的富豪诞生。这富起来的一拨人出钱给家乡修建了公路，也有人出资修了医院、学校，甚至为乡人亲眷修建别墅……据说当地林氏宗族还有人出资设立了养老积金——家族中 70 岁以上的老人可以每月领取到几百块的养老金。这种做法应该源于早年出海的习俗。一家男人出海讨生活，家里的老小总要有人照料，除了拜托海上女神保佑平安，也要对于万一发生的苦难做一个预备。家族中幸存的人会凑钱来照料他的老人妻小。就像当初吴适等人慷慨赴前线，也约定了万一有人英勇就义，家人如何安顿。所以，一个英雄的诞生绝不是单纯一个人的力量。这也解释了为何在透堡家庙宗祠如此众多，几乎每隔两三步就是一座，杨氏宗祠、刘氏、李氏、孟氏、林氏，最有名的当数爱国诗人郑思肖故居以及郑氏宗祠。这些宗祠都延续着传统的古典建筑风格，精美的雕刻彩绘，由名家题刻的牌匾楹联济济一堂，传递着悠远而深沉的宗族观念，也维系着一个家庭之间血浓于水的宗亲关系。

在透堡的高处，炉峰山腰，有人捐资修建了一座四层小楼，设施齐备，装修简朴大方。夏天的晚上，许多人来这里纳凉，尤其是老人们。这既是免费的养老之所，又是村民们的集体活动室。会场、戏台、球室、剧场……多种功能一应俱全。庭院内假山水池，种满了炮仗花和紫藤的廊架，还有专人维护管理。大厅里最显眼的一面墙壁上，红色大字书写了建造这座别墅的人名和捐资金额。这大概是来自民间最朴素的"共产主义"吧。想夏日山风沁凉，夹杂着大海的咸腥味从炉峰山的对面吹过来，在这里摇着扇子谈天说地的透堡人大概会生出一些幸福之感。

生鲜腥香

大概是因为当年多有人去南洋经商的缘故，小镇上的民居大多类似南洋的骑楼风格。小楼与小楼之间的街道狭长而蜿蜒，仅可容两三人。常常在放学的时候有骑着电动车的妇女，后座上坐着小孩子，铃声丁零地借过借过。迎面行着的人一边打着招呼一边侧身相让。街道两旁的店铺又是住家，堆满零食香烟的柜台同时又充当着灶台的功用。一到中午，他们就把电磁炉架在柜台上，炒起菜来。那喷香的油烟味就弥漫了整条小街，仔细一嗅，你还能闻出海蛎或虾米鱼蛋的味道。

那些门口木凳上坐着的老依姆依伯，终日就这么坐着，望着街上来去的行人，仿佛此生都保持着这样的姿态。于是你的脚步也跟着慢下来，慢下来，或者挨着他们坐下来，成为一道街景。

街口的供销社还保持着 80 年代的风格，你要走到柜台前，用手指着想要的东西，让售货员阿姨拿给你。而店外的街道上却时不时有最为炫酷豪华的跑车奔驰而过。沿街既有最为时髦的美容店、婚纱摄影店，也有老旧狭窄，只容得下一张木制升降椅的理发店。参差的民居当中既有着宏伟堂皇的基督教堂鹤立其间，也有雕梁画栋、翘角飞檐的道观寺庙香火缭绕。

这个古老又现代，缓慢又急促的海边小镇，历史不长不短，故事不多不少。她世俗、亲切得如同生活本身。街上老人坐着看街景，妇女抱着孩子经过，小狗跑来跑去追逐着行人，这一切就是充满了中国特色的小镇的景象。就是一个平静的午后，你无所事事而内心安闲时所能看到的街景。

恍惚那天的街道上，一根电杆上贴了一张寻马的启示。谁家的马儿跑丢了，主人悬赏寻找——多么超现实的一幕。我想象着在这样拥挤的石板小街上，遥远的来自古代的养马人把货物像搭链一样搭在马儿背上牵马前行，马蹄声嗒嗒地响着，混着马脖下晃动的铃铛，时光如此漫长悠扬。

走不完的坊巷，说不完的美

　　三坊七巷离我工作的地方很近。说是三坊七巷，但大多数人往往只在主干道南后街上走个来回便完成了"到此一游"的目的，殊不知，那些如鱼骨一般横逸斜出的支巷因为少有人光顾，更具有一种清幽隽永的美。时常在天气晴好的时候流连于这些蜿蜒幽僻的小巷，看纤弱的草茎从青石板的缝隙钻出，看常青藤歪歪扭扭地爬满白墙，看谁家大门紧闭的院子里探出挺拔俊秀的木棉……

　　但这些直觉的审美体验看过就看过了，从来没有想着要留下些什么，只是近日在《文化生活报》上陆续读到署名雯晖、筱陈的一组颇有韵味的《坊巷笔记》才不由感叹，这世间难得有心人，不仅一遍一遍走过坊巷，还把他领略到的坊巷的美，用文字拾掇起来，一篇一篇连成一幅坊巷生活全景图，蔚为可观。

读这一组作品仿佛能看到作者如同一位殷勤满满的主人，带领着八方的来客参观自家花园。他饶有兴致地引领众人把三坊七巷的各个角落都走上一遍，要把这园子里每一棵树，每一座亭，每一方碑刻题字都郑重仔细地介绍给人家。水榭戏台的匠心独运、安泰河的两岸风情、紫藤花园的故人故事……作者如数家珍，又，天井、雪洞、厅堂，分门别类，一一道来，其对于坊巷民居的解构赏析，若非深厚的学养与深沉的眷恋，断断写不出如此规模的系列文章。

此前有关于三坊七巷的文学作品已不少见。但更多地着眼于三坊七巷中诞生的历史人物与家族命运。像这样单纯从园林建筑美学的角度去介绍坊巷的散文作品还较少见。

蒋勋在关于《红楼梦》的赏析中曾专门讲到中国古典园林的美学意义。其匠心独运之处，丝毫不比其他的艺术门类粗鲁笨拙。建筑之美几乎将中国传统文化的诗歌、书法、绘画艺术集于一身，统一体现和运用，且更具实用性。

《坊巷笔记》试图从"明清建筑博物馆"的角度，来深入细致地赏析三坊七巷园林建筑之美。《园林》《戏台》《书屋》《雪洞》

《厅堂》《楹联》……作者如同一个治学严谨的研究者面对一件精雕细琢的艺术品，用放大镜将每一个局部细细打量，慢慢品味。诚如作者所说，三坊七巷是一个耐看的女子，百看不厌，越品越有意味。

三坊七巷是属于福州福建乃至全国人民共有的珍宝。如同一杯甘醇的茉莉花茶，一人独享其香，当然不过瘾，总要邀同好一起品赏，方能展现她的魅力。

作者用行走记录的方式，用细腻、质朴、精确的语言娓娓道来，富有极强的现场感与画面感，读之如临其境。其篇章结构也跟坊巷的结构相呼应，从局部到整体，从花厅到花园儿，从天井到戏台，分门别类，不徐不急，一点点铺陈展示，当把这些局部拼接起来时，一座恢宏的坊巷古城便豁然呈现在世人面前，如同徐徐展开的清明上河图，足以震撼每一个热爱故土家园的赤子。

时光在走，作者的脚步还在坊巷中穿行，还有许多散落坊巷的美藏在不为人知的角落等着去发现去采撷。和其他艺术作品不同的是，坊巷是活的艺术，与居住其间的人、事一起成长变化，和光阴、时代一起更新蜕变，而你我，也可走进这伟大的作品当中，一起参与一起创作，一起守护我们共同的家园。

"情"字上面一抹血痕？

　　那天跟好友陈碧吃饭，聊到她新书的装帧，她说她很喜欢美编在封面"情"字上加的那一抹血痕。我哑然失笑。仔细看完，确实，里面写到的民国闽都的女子，在情感上似乎都不那么顺遂。或者扩大一点儿说，她们的人生经历都充满了乱世与个性所赋予的悲剧性。我想这可能是激发陈碧去书写这些女性的一个情感因子。

一

　　2012 年某天，我接手做《闽都文化》杂志不久，朋友向我推荐陈碧的文章，说她在写林觉民，让我们杂志看看能不能刊登。作为黄花岗七十二烈士之一，林觉民早就被无数人书写过无数次，对于他慷慨赴国难的悲壮与"意映卿卿如晤"的多情，读者也较为熟悉了，这样的人物若非作者有独到的发现和见解在我看来很难写出新意，她却说"老纸写得跟别人不一样"——是的，我很确定她内心说的"老纸"。

也是幸有她如此的笃定自信，在其后的几年里，我们杂志陆续发表了她多篇写闽都人物的文章，这些文章都跳脱了文史资料单纯纪录或文学创作太过悬空的缺陷，而是将二者结合起来，在干巴巴的史料中注入人的情感、人的性格，复活历史人物的血性、脾气、情绪、心态，让原本只是符号存在的人名站了起来。对大量民国人文历史资料的掌握使她在解读这些人物的时候有了更加坚实可靠的基础，讲述这些人物事件的时候如邻家八卦，信手拈来，有料有趣，见情见性。

二

女性题材为什么好看？

情感丰富，故事性强，有复杂的人性可供挖掘探索，尤其那些左右为难的纠结与矛盾，痛苦与无奈最易引起不同时代人的感触、共鸣。

而民国女子所处的环境时代又是一个值得玩味的时代，新旧交替时期，旧的社会秩序、价值观正在一点点坍塌消失，新的还未长出，许多种可能性并存，对于人的冲击是很强烈很深刻的，这些女子处于风口浪尖，与时代轨迹同时运行，她们的沉浮起落更为动人心弦，更富有戏剧性和话题性。这对于文学创作来说是一个黄金年代——精彩多样的人物同时出现，才情学识之于男子不遑多让，又个性鲜明陡峭、棱角分明——冰心、庐隐、林徽因，就不说了，更不为人熟知的女权运动第一人林宗素，为了争取女性参政权，敢在国民党成立大会上掴宋教仁的唐群英，女革命家方君瑛，当年领导同盟会暗杀小组，后出国求学，又抑郁而终，一生波澜曲折，令人唏嘘，与汪精卫的姐弟情也是感人至深……这些充满了悲剧意识的人物本身就活像一幕幕戏剧，张力十足。

闽都福州由于处于晚清民国五口通商之一，处于变革时代的前沿，这片土地更为激荡，新旧冲突更加剧烈，中西价值观更深刻地影响着这片土地上的男男女女……"民国""闽都""名媛"这三个关键词仿佛一个不断缩小聚拢的靶心，陈碧有意无意，对准了这一焦点，一击命中。

三

陈碧对于人物的挖掘和对于史料的处理能力很强，她出生于斯，本能地对这片土地上的人和物产生好奇和亲近，在其之前作为记者的采访过程中就有意无意地积累了素材，比如对林徽因的表妹林心声的采访就提供了许多不同于市面传说的细节。这些年专心写作民国人物更是沉浸其间，不问世事。这些人物几乎耗费了她所有的精力，才能于万千头绪中挑出最为动人心弦的一端。有一段时间，她天天泡在省图书馆查资料翻故纸，与特藏部的管理员都成了朋友。由于整天对着竖版繁体的古籍资料而看到几乎眼花头晕。

为了写某个人物，她会尽量搜集这个人的作品通读，她认为从作者留下的文章著作中去了解一个人是最直观准确的方法。那段时期我觉得她有些魔怔了，常常是发现了什么有意思的线索，就在 QQ 上给我留个言，冒个泡，转眼又消失于那故纸堆中。与她聊天也是三句不离民国，以至于小伙伴都不能跟她愉快地玩耍了。她在这些人物身上投注了自己对于生命对于世界以及所处的环境的看法，以至于她能如此深刻体会到这些人物的苦衷与无奈，最是这种纠结让人感触。

写作有时候是敞开自己，找寻自我，我想当她在《薛绍徽》的结尾写下那一段"薛绍徽终于没有迈过'民国'的门槛。而比她小一轮的代表人物出现在时代的风口，已与她们大不相同，如秋瑾，如林宗素，再后如林徽因等。等到后一辈人物出现的时候，她在《外国列女传》序言中所冀望的'静女其姝，善心为窈，永毕永讫'已经渐行渐远'时是怀着深深的惋惜与眷恋。曾有一段她写得烦闷了，从故纸堆中抬起头来怔怔地问我，你说我写这些有什么意义呢？对于这个问题我同样无解。

这次结集出版的《大时代的小爱情——民国闽都名媛》是她第一本书，这本十万字的小书只占她近年创作极小的一部分。许多文章我是第一个阅读者，见证了这些文章从萌生到成熟的过程，相对一开始的时候那股子喷薄而出的生气和弥漫整个纸面的叙述的激情，后期语言风格变得更加客观沉实，表达更加收敛，更加节制，一些可有可无的情感表达被内化了，用语上更加朴素却更有力量，就像当初的"碧血剑"锋芒已经藏了起来，招式越来越简单，而力量却从未减少——只是如果问我更喜欢一开始创作的意气风发还是多次校改之后的老练成熟，我还真说不准……

在当今写书的多过看书的出版业态下，这本小书也是几经周转才得以由福建教育出版社出版发行，其间过程实在不易，所以由衷为她感到高兴，这或许稍微能够回答当初她对于自己付出的时间精力为了什么的疑问。写作到底是为了什么？对于这个问题，她可能永远也找不到答案，所能做的也只是任由自己写下去，而已。

旧 时 光

闽江流水伴书声

——追忆华南女子学院

雨后的仓山，古榕新绿，樟树散发出迷人的清香，蜿蜒上下的沥青路上雨水流过，闪着发白的亮光。这样的天气适合漫步，回转间即可与上世纪的红砖洋房相遇。

仓山，自古以来都是福州地区的教化重地，有一种异于闹市的清静与安然。清末民初，这里作为五口通商之桥头堡，外国人聚居，华洋杂处，又为她平添了浓浓的异国情调。洋房、教堂、旧茶厂……许多历史的痕迹在今天还处处可寻。一些老洋房改建的咖啡馆、小酒吧里人影绰绰，马厂街、槐荫里那些老式民居当中不时走出来背着画板，披着长发的艺术家。基督教、天主教在这里还拥有大量的信众，每到礼拜日的时候，天安堂、基督堂里会传来夹杂着福州腔的唱诗的歌声。

19世纪中期的仓前山，除了各种使领馆、洋行林立，街道上时常可以看到身着西服洋装蓬蓬裙的外国男女穿行，他们的到来带来的不仅是商业上的冲击，也带来一些新的观念。孩子们开始被送进洋人开办的学校，跟着洋师姑识字，念书，学习舞蹈，甚至物理和生物等自然学科。在那个躁动的年代，处处充满了改变和希望，变化与未知。

仓山是福建地区最早开办女学的地方，从咸丰九年（1859），美国女教士娲标礼、娲西利姐妹（Miss Woolston）和宝姑娘（Miss Potter）在福州仓山办女塾（初称"内女学"）开始，陆续有毓英、陶淑等女子小学、中学建立，到了1908年，高中毕业的女学生们想要有更多的求索，只能远赴杭州、北京甚至到英美或日本等国留学。这让这里的老师们意识到，在中国的东南地区应该有一所大学。当然，建造一所大学——这和许多当时看起来不可能的梦想一样，充满了未知的艰难与荆棘，但得益于传教士们对于信仰的坚持，许多不可能变成了可能。

一、天国的基督堂

在被誉为万国建筑博览会的仓山，众多西式建筑中保存最为完整最为壮观的要数华南女院旧址。

这座宫殿似的教学大楼，从 1908 年程吕底亚教授等人提出建议，到获得美以美公会的拨款真正动工修建，已是三年后。1911 年 12 月 12 日，当学校动工奠基的消息传来，预科班的学生们都迫不及待，他们带来铁锹和工具，希望能为未来的教舍挑第一担土。最兴奋的应该是建造这个梦想的程吕底亚教授，她为华南的创建倾注了最多的心力。校舍建造一年之后，在经费耗尽、工程停摆的困境下，远在美国的程吕底亚的哥哥，将自己的住宅卖掉，把钱捐给华南女子学院，才使校舍得以继续建造。

1914 年盖成后的教学楼因其独特的样式引来当地居民的围观，高大的廊柱，宽敞的走廊，古典中国风的屋顶与法国新古典主义风格的建筑主体结合……堪称当时最别致、最壮观的建筑，前来参观的游客络绎不绝，人们都亲切地称为：天国的基督堂。

当年的校舍经过整修如今仍然屹立在南台岛上，成为闽江边上一道不容忽视的风景。作为现在福建师大校部的办公区，也是许多怀旧的文艺青年爱探寻的场所，一些电影也在这里取景。曾经在央视热播的描写两岸情感的《原乡》剧组就曾在这里拍摄，剧中的国民党警备司令部就是在这里取景……

二、薪火相传

哪怕到今天也很难想象，当年几位女性传教士是如何用自己柔弱的肩膀支撑起这么庞大的梦想的宫殿。

华南女校的创始人程吕底亚女士于 1925 年因病离开中国，她把一生绝大部分的精力和生命都献给了福建的女性教育事业。在她之后，接任校长一职的是卢爱德女士。卢爱德在华南的时间不算长，但却发挥了一种桥梁的作用，她大胆启用华人教师在学校中担任要职，提升华人老师的地位，并且将华南带向更为国际的视野。在她的争取之下，华南女校和美国七所大学建立了友好关系，使得华南的七个系得到来自美国大学的经费和设备支持。

1927 年，全国上下掀起收回教育权的活动，在学校是停办还是将教育权交回中国的争论当中，卢爱德坚持继续办学，并主动放弃了校长一职，次年因病返回美国。收回教育权活动，主要是针对当时教会学生独立于中国政府的管辖，希望将教育主权纳入中国官方教育部的一个政府行为。据老华南的学生们回忆：1927年七八月间，时任校长的卢爱德与华惠德分别辞去校长与教务长的职务。董事会准备聘请陈叔圭担任校长，王世静为教务长，但陈叔圭认为自己缺少王世静所拥有的校长素质，在王世静极力劝说下依然坚辞不就。

王世静是近代中国一位值得大书一笔的传奇女子，她出身名门，祖父王仁堪是清末状元。几个叔父在国民政府身居要职，姐夫陈芝美是英华中学校长，姐姐王世秀也是受过先进教育的知识女性，而福建首位官办女学的创始人王眉寿是她的祖姑母……当然，更加使之成为华南校史上闪亮标记的是她表现出来的新时期女性所拥有的自信与优雅。她的学生也是后来华南女子职业学校的老师许道峰回忆：王院长当时在校主教英文，第一节课印象最深。"王院长右手贴向额际，用流利的英语问候大家：'Hello, I'm……'作为学生的她被这一位传统女性的自信和优雅所感染，也是她们后来学习英语的动力。

为了把华南创始人的事业传递下去，毕业于华南的女生王世静担当起这所学校第一任华人女校长的重任，实际上，她与华南早已结下不解之缘——当年正是通过她的叔父王孝泉的帮助，程吕底亚校长才顺利购买到建造华南的土地。为了更加胜任这一荣耀，她只身赴美留学交流。两年后，1930 年 1 月 18 日，华南女大为王校长举行了正式的就职典礼。此时，她 33 岁，刚从美国留学和演讲回到国内，风华正茂的年纪，她不知道，未来的岁月里，她还将带领这所学校穿越战争的纷扰，辗转迁校，历经波折。但是她认定了她的余生将在为中国妇女运动服务的道路上前行，为中国女性实现大学教育的理想，为中华妇女界，领受这份责任。

三、新曦初照

民国初期的女子教育尚未普及，许多家庭不愿意子女进入洋人办的学校。据《福建通志·近代史》里记载，宗教学校刚在福州建立的时候为了吸引华人子女入读，会提供孩子们吃住，甚至发给衣物和零用钱。即使是这样，也只有一些非常贫穷的家庭会为了解决孩子们的生存问题把子女送去洋人办的学校。所以华南女校第一届的学生当中，从程吕底亚校长手中接过毕业证的学生只有五个人，当然，这里面也有一个很重要的原因——作为一所大学，华南对学生的要求并未因人数的缺少而降低标准。

首先在挑选生源上，华南规定须由公立或已立案之私立高级中学或同等学校之毕业生方准报考，并有毕业学校校长的推荐书及体格检查表。考生在规定日期到指定地点参加国文、英文、科学和数学等科目的考试，成绩合格者才予以录取。新生于试验录取之后编入一年级。修过 34 学分，入二年级；68 学分入三年级，修满 100 学分进入四年级；达 132 学分以上者方准毕业。华南遵循主修、辅修及选修制度。考试成绩由平时考查、月考、期末考三种结合。平时考查主要是笔答或口答，学期成绩由平时成绩、月考成绩、学期考试之成绩合并平均，60 分之下者予以留级。

为这为数不多的华南女学生，学校配备了优秀的师资力量。教师主要来自以下各个方面：获得硕士和学士学位的美国女传教士数十人；受过教会教育并在美国、加拿大、日本等国留学的中国女子；该校的校友、外请的兼职老师。各科教程除国学课外一律由笃信宗教的女老师担任。就是国学课程也尽量选出身科举，又受过教会教育的人来讲授。较高的师资素质保证了女大的教学质量，使之能在短短的四年里，将学生的能力提高到一个新的水准。

华南女大英文和宗教科目所占比例相当大，英文科目有讲读、写作、英国文学史、英文教学法，同时要求学生用英文诵读剧院本、诗文等。其他科系也将英文的读写作译作为必修课，这也使得女生毕业后直接到国外深造或就业没有语言障碍。同时，华南女大对体育教学很重视，将体育列为必修课程。一二年级时每周设有四节体育课，三四年级时仍有两节。除了教授体育技能外，还注意纠正学生不规范的站走坐姿。学校还定期举行运动会，每逢周日到农村的主日学校担任义务教员，教农村的孩子们唱歌，讲故事，卫生指导，手工和游戏等。

1922 年，华南女子学院获得美国纽约州立大学理事部临时特许证，学生毕业时可以获得美国纽约州立大学的文凭，直接进入美国大学研究院学习。从此学生人数剧增，从 1920 年的 21 人，增至 1923 年的 63 人，又增至 1936 年的 87 人。协和大学首任校长高智评价说，"我从来没有见过哪个学校发展如此之迅速。"以至到后来，开明的家长都以子女入读华南女大为荣。

作为新一代的知识女性，华南女生们毕业之后再也不愿把自己局限在家庭的小天地中，她们都积极地投身社会事业，服务大众。据统计，华南毕业生中有 78% 都在教育、医疗、卫生和社会服务事业服务，这在当时是全国最高纪录。宋美龄说：华南的影响力透过成百上千的优秀女性遍及中国的各个角落。甚至不少毕业生在国际上也卓有影响，像著名的生物化学家余宝笙、藻类科学家周贞英、留美心理学教授刘永和、妇产科专家夏美琼等……得益于在学校所接受的先进教育与人格培养，她们在变动的社会中迅速地找到自己的位置，真正实践着"受当施"的华南校训。

四、南平十年

如果没有战争，华南或许会在东南大地上成长得更为壮大。但动荡的社会让一张书桌摇晃不定。1937年，抗日战火的硝烟烧到福州。为了呵护女子们的大学梦，王世静和众多的老师一起带领学生把学校迁到了山区南平。相比金陵女大从南京到成都或西南联大从北平到昆明，福州到南平的路途并不算遥远，但对于这些象牙塔里的骄子来说，一路的风雨兼程仍然是人生当中不可多得的锻炼和成长。她们一路舟车相济，互相扶持，又有赖当时南平地区的美以美会无私相助，把自己的布道场所和住处让给华南作为校舍，这群追求知识的女孩子才有了安放梦想的岛屿。

据曾经担任王世静秘书的陈琼琳老师回忆，在最困难的1941年，福州被日军占领，许多伤兵被送到南平的华南临时学校让女学生们代为照料和写家信。雪上加霜的是福州的彭氏楼失火，图书馆和教室都付之一炬。这场火灾让王世静校长十分伤心，饮食不思。她写信给首任院长程吕底亚诉说自己的困境。已经归国的程吕底亚得信后安慰她："不要因大楼被焚而过分烦恼，这座大楼并不代表华南。华南精神存在于全体师生的心中，是不可摧毁的。"这句话给予王世静极大鼓励。正是得益于这样的精神力量，华南的师生们才能够穿透幽暗的长夜，始终向着光的方向进发。

南平临时学校的条件虽简陋，她们依然建立了实验室、图书馆，并且依旧微笑着寻找快乐。在谢必震老师编印的《图说华南女校》一书当中，保留了她们迁校南平时的许多珍贵画面。她们开舞会、开运动会，曾经华美的旗袍换成了粗糙的土布衣裳，但她们仍然未放弃对美的追求，女生们亲手设计制作出花样服装开起服装表演，还和当地的小朋友一起排演舞台剧……

1946 年，战火停息，在外流浪了十年的华南师生们回到福州仓山。十年前离开时王校长穿着连身旗袍和同学们一起照相，一张微圆的脸蛋混在学生当中还分不出长幼，但归来时，王院长的头发已经花白，圆圆的脸型也成熟瘦削，线条变得更加的坚毅，她们站在被战火毁坏的华南校舍前留影，身后是残破的校园，但这群女性脸上仍然淡定地微笑着。

此后的岁月，在王院长的带领下，校方积极向美国联合董事会和中国教育部申请经费，又多方集资重修校舍，恢复课程。1949 年华南响应政府号召，将教育权交回教育部。王世静亲手把代表着校长权利与责任的十颗印章交还政府。

1950 年，外国人大批撤离中国，华南的外籍教师也纷纷离开福州，华南女校与协和大学由政府接收，并入福州大学，即后来的福建师范大学，至此，华南女校的使命告一段落。1984 年，86 岁的余宝笙教授倡议筹建"新华南"，即后来的"福建华南女子职业学院"。许多旅居各地的华南校友都踊跃捐款，那又是另一段传奇的开启……

五、伊人宛在

时隔百年，宫殿一般的校舍历经劫难与修复后依然矗立在闽江畔的仓前山上，成为一种精神的象征。院内老旧的砖墙上葱茏的藤蔓恣意生长，犹如当时的女生们柔婉但富有生命力的身姿。在那个动乱纷繁的年代里，华南的守护者们伸出臂膀，共同支起了一片精神家园，庇佑了一群幸运女生安静的甜梦，也开启了她们对于未知世界无限的向往。在那空旷的走廊与阁楼上，曾经多少身着旗袍手捧书籍的女生轻跑追逐，橐橐足音还时常回响。华南的存在不光影响教育了这些女学生，更通过她们把一种女性自强与独立的精神传播开去，如同"华南女子大学校友歌"里唱到的：

穿过华南的小巷，路途有灯光照亮……

那些年，那些事

——清末民初福州商会溯影

一

光绪三十一年（1905），钦差大臣林炳章回福建考察宪政，作为林则徐的嫡曾孙，林大人此次荣归故里还做了两件事，一是联合林氏后裔，集资修建林文忠公祠，二是继承其先祖遗志，开展禁烟去毒的工作。

虽然距离 1839 年林则徐虎门销烟已经过去了好几十年，但此时的清朝政府迫于西方列强的压力，仍未明令禁止鸦片的进口和贩卖，福州城内还到处可见烟馆病榻。本应气宇轩昂的闽地男丁走在街上却是瘦骨嶙峋，苟延残喘，眼见一个个健康饱满的灵魂被鸦片蚕食，有识之士怎不痛心疾首。于是林炳章发动福州各界成立戒烟局，名曰"去毒社"。此时清流派领袖陈宝琛正丁忧在家，作为林炳章的岳父他自然要加入到禁烟行列中来。在他们的倡议下，绅界、学界、商界之贤达之士纷纷响应，轰轰烈烈的戒烟运动再次席卷福州。

去毒社发动群众，劝导农民不种罂粟，自动戒烟，监督举报官吏吸毒，勒令土膏行、烟馆改业，打击售毒的洋商、奸商以杜绝烟源等，不到一年，禁毒取得显著成绩，社会风气焕然一新。1906年农历6月3日去毒社成立周年之际，戒烟群众高举林则徐画像，敲锣打鼓，抬着缉获的烟土、烟具列队游行，最后在仓前山海关埕销毁鸦片，人潮涌动，群情激愤，影响巨大。

虽然禁毒运动得到民间大力的支持与响应，多数参加者都是愤慨于鸦片之流毒，甘心义务劳动，但维持这些活动仍需要庞大的经费支出。政府无心也无力提供财政支持，支撑这些运动经费的却是非官方团体——福州商会。

二

　　与繁华熙攘的中亭街毗邻，转进一条不起眼的小巷弄，路牌上写着"上杭路"。这里就是许多研究民国史的人们口中笔下大名鼎鼎的上下杭。只有真正到了这里，你才能感受到它的历史与沧桑。一百年前的时光在这里仿佛停住，斑驳高大的风火墙把现代社会的车马喧嚣隔绝在咫尺之外，那些逼仄冷清的石板小巷上仿佛还回响着民国时期长衫布鞋的掌柜们奔忙的足音。

　　位于上杭路100号的福州商会旧址早已经没有了当年的气象，只有门楣上石刻的"福州工商联"几个字让人辨认出它的位置。曾经这里的清末古典建筑"八角亭"是上下杭乃至福州商界的地标，多少商业巨头出入其间，谈笑间就议定了福州乃至全省商界市面的潮汐起伏。

　　福州商务总会的会所最初设于下杭路，1911年，商会购买了上杭路100号彩气山麓的地产，重修后作为办公场所，此后，尽管福州商务总会屡经变迁，但会址一直都在此处，直至解放后，取代总商会的福州市工商联也将会址设在这里。如今，随着福州市工商联乔迁新址，这里已经人去楼空，只剩下寂寞的"八角亭"和园内疯长的杂草古树等待着又一个黄金时代的到来。

光绪末年到 1937 年抗日战争打响之间的一段时期是福州民族资本企业发展的黄金年代，这一期间福州上下杭地区作为各种商品的集散地异常繁荣，由闽江上游地区出产的土特产、茶叶、木材、药材、食品罐头等等在这里中转集散后被运往上海天津等地，售卖后货船再装着沦陷区的棉纱、布匹、烧碱、颜料等洋货回来，两相获利，诞生了数不清的巨商富户。其间各种行业帮派聚集。为了平衡各地商帮利益，联络同行互通信息，1905 年，福州富商张秋舫、罗金城、李郁斋等商界巨擘倡议组建"福州商务总会"。

三

乱世出英雄，那些充满了变化与未知的动荡年月里，或许是赖于海神陈文龙和张真君的庇佑，两头涨的三捷河边涌现出大批意气风发，敢想敢干的商界巨子，他们是那个时代的赢家，身上也写满了那个时代的风采。

福州商会首任会长张秋舫生性善言，为人豪爽，交友广阔，年轻时就与闽籍京官陈璧交情深厚，娶了陈家的小姐为妻，与这个官宦家族结成姻亲。据张家族谱上的记载，这个精明的商人后来晋升为荣禄大夫，后来又受资政大夫的赏识，特批二品封典，而且是荣封三代。虽然不比红顶商人胡雪岩、盛宣怀的显赫，但亦官亦商的身份也为他的财富积累提供了不少的便利。商会成立时，因为商界威望，张秋舫出任第一任会长。1911 年，张秋舫又代表福州商务总会，以 11350 两白银向杨孙耀购买了上杭街的房屋作为商会会所。

不过，与张秋舫的传奇同样吸引人的似乎就是这个家族大起大落的变迁，总是在极处峰回路转，带着强烈的戏剧性。

人们总用富不过三代来形容守业的艰难，因此才有商家门楣上以"恒"字做招牌的通例，如黄恒盛、尤恒盛、罗恒隆、陈恒记、恒和钱庄等等，但张家的财富似乎还未传到第三代就已经衰败了。自从晚年的张秋舫卸下职务，把自己创办的各家企业转由他和弟弟的孩子们掌管，盛极一时的张氏商业系自此开始急剧颓败。似乎就在短短的十几年时间，这个一度是福州城里最富的家族突然就退出了上层商业圈，直至淡出商界。这个骤然退出的事件一直就像一个谜。有人分析是因为后辈沉溺于富贵生活之中，好闲享乐，挥霍无度，无心经营，任人上下其手，结果在秋舫公辞世之后，营业亏损日多，日趋衰败。但据居住在上下杭的民俗学家张鼎衡老先生著文回忆，张家产业衰败的最大原因是遭遇海难，即民间所谓"拍破船"。这似乎也是当时通过水路交通进行贸易的上下杭众多商家的噩梦。

不过张氏家族的颓败并未影响张秋舫在商界的声望。据其侄孙张顺凡回忆，在张秋舫逝世的时候，张家家业已经衰弱，但本省的知名官绅、商界名人、社会团体、亲朋好友纷纷前来悼念，人流三日不绝。出殡的那天，跟随灵车的竟有浩浩荡荡三千多人。

与张家财富旗鼓相当的是上下杭钱庄业的代表罗氏家族，人们甚至引用《搜神记》中的一句话："南山有鸟，北山张（张秋舫家）罗（罗家）来形容这两家财力的雄厚。罗金城与其七子罗勉侯，更是担任了三届福州商会的会长。当年，罗氏家族在福州城内有着一百多处房产，在双杭这一带，财富是数一数二的。老福州人应该都记得，下杭路有家开了很久的老钱庄——昇和钱庄，它几乎是罗氏家族的标志性企业，也见证了下杭路这个百万巨商家族的过去。早在清代中叶，罗家的祖先从连城来到福州，就靠着两百铜钱和一套"销熔"银锭的技术，逐渐积累起资本，开起了店铺。一百多年来，罗氏家族经营钱庄、进出口业、当铺、木材业、茶业和百货业、锯木业等多种行业，而钱庄，是罗家经营时间最长、也是最发达的企业。除了昇和钱庄之外，罗家还拥有恒和、均和两家钱庄。昇和钱庄在当时还有"聚宝盆"之称。据罗家后人回忆，昇和钱庄伙计最多时有三十多人，业务最多时一天可达三百多笔，每笔金额也都在几千元以上。罗家在金融界的声望曾经吸引了闽南华侨巨商黄奕柱和永安堂老板胡文虎，他们都有意要和罗家合作开设银行，足见其资本的雄厚。

罗家的子弟倒是打破了富不过三代的诅咒，尽管其众多子孙富而从仕，唯一继承祖业的七子罗勉侯却绝对遗传了祖辈们血液里流淌的商业基因和周转天赋。罗勉侯曾担任两届福州商会会长，是福州商会里任期最长的，更难能可贵的是，在他任会长期间，将商会倡导的服务公益、义利并重的宗旨继续发扬光大。

四

商会的设立，既为百业混杂的福州商界提供了议行论市、沟通仲裁的中间平台，又利用其深广的资源优势服务社会，在文化、公益和慈善事业诸方面颇多作为，至今为当地民众津津乐道。

除了响应清流派士绅的号召为去毒社提供财力支持以外，商会还成立救火会等公益组织。当年台江地区多数木屋建筑，一些商品如木材、纸张、桐油的大量堆放极易引起火灾，于是商会牵头，联合各木材业、纸业、布业等行会成立救火会，推举财力雄厚、深孚众望的大商号老板为会长，一遇火情，救会火的成员集体出动相助扑火。

据老福州回忆，当时的仓山台江地区高处都建有瞭望台，每逢火警发生的时候，瞭望台可观测到火情，传递警报。而警报声按不同的区域还做了区分，南台包括小桥、台江、仓山三个区域，火警先鸣炮后撞钟，城内先撞钟后鸣炮，而每个区域内敲钟方法也不一样。通过这样的方式，就可以准确知道火情的位置，方便救火。而救火会也有许多"援丁"，除了帮助救火，还会在听闻火警后到大街小巷鸣锣，锣声也是根据着火区域而有所不同，居民被这些警示闹醒后，知道火警具体方位，那些在其他区域有亲戚朋友的，便可以赶赴现场帮助。这也算福州地区最早的民间消防组织。

因商会成员如张秋舫、罗金城者大多有亦官亦商的身份，商会与官方之间也有着千丝万缕的复杂联系，但又敢于坚守自己的立场，不完全依附政权。很多时候，面对大是大非的民族问题还表现出难得的独立性。

清光三十一年（1905），福州商务总会一成立，就响应上海总商会的号召，反对美国限制华工条约，掀起抵制美货的斗争，制定了福州商界抵制美货的八条公约。

此后，商会又与各界民众开展反对窃国大盗袁世凯与日签订卖国《二十一条》，以及声援上海"五卅"惨案日本出兵山东的斗争。

1931年"九一八"事变发生后，社会各阶层掀起抵制日货的运动，十天后，9 月 28 日，商会召集数百家商号在抵制日货的宣誓书上签字……

仅仅从字面上追寻这些事件总有些不真实之感，只有真正行走在上下杭，你才能从那些破败的院落间寻找到当年的痕迹。

位于大庙山的福州第四中学，其前身为福州商立二等学堂（商业专科学校），亦是商会成立的第二年，由张秋舫、罗金城集资在大庙山创办。1931 年改名"福商"小学，1935 年又增办中学。其时政府教育局虽立案，但经费却一直无法落实，均由钱庄业巨富罗氏家族出资，罗金城祖孙三代担任董事长，时间达三十余载；中华人民共和国成立后，"福商"中学与富商曾文乾后裔在下杭路曾氏祠堂创办的"四端"中学（四端者，仁、义、礼、智）合并为"福州第四中学"。而当年的去毒社总社也曾在这里办公。校内尚存救火会的瞭望台。

有人说支撑中国封建社会庞大的精神体系是乡绅文化。乡绅阶层始终是儒家文化最可靠的信徒，特别是在朝代更替，政权混乱的年代，乡绅捍卫传统道德，礼义教化的勇气和作为更胜官吏一等，这种原始朴素的精神传教如今在农村乡间还能找到。他们待人行事基本上还是依循着传统观念里的礼义廉耻。而清末民初的上下杭基本就是一个小型的乡绅社会，当年商会里供奉的商业神除了除暴安良的张真君，还有义薄云天的关公和主管文运的魁星，传统儒家的礼义教育和家族信条为他们的行为划定了最基本的底线。前述"四端"中学的创始人曾文乾为了教育子孙，还在曾氏祠堂建成之日举行鞭笞之仪，训诫后辈存"恻隐、羞恶、辞让、是非"之心，也可见创业者用心良苦。但其子曾万銮挥霍无度，荒淫败家，讨了十几房"姑娘"养在苍霞街，被外界称"藏娇十二月花于金屋"，后来在日本第一次入侵福州时还做了日伪汉奸。富商罗金城中年之后多子从仕，他曾驰书告诫：不可以私废公。并常告诉子女："富人能够得到人们敬重，正因为他能够尽力帮助别人。如果积金不散，即使金银如山，这和垃圾有什么两样？"

五

从 2013 年下半年开始，沉寂了近百年的上下杭街区作为历史保护街区开发建设。居民们都陆续迁出了住地，安静的上下杭迎来一批又一批挂着相机背着背包的探寻者，他们惊叹地发现，这些被时光侵蚀的老房子竟然埋藏了这么多的传奇。钱庄、当铺、酒楼、妓馆……行色匆匆的掌柜伙计，市声鼎沸的码头道口，笙歌不断的宴饮聚会……通过想象，一个繁华奢靡如十里洋场般的民国生活场景被激活，于是开始去追怀那逝去的黄金年代。但战争的混乱和时局的动荡打破了这一迷梦，1937年，抗日战争的开启是上下杭，包括福建地区民族工业发展的衰微的开始。由于战争，闽江口被封锁，由福州通往上海天津等地的道路被阻断，土特产品运不出，外地商品也进不来，交通中断，货运停航，商品流通受阻，金融业崩溃，数家银行、钱庄倒闭，包括罗家在内的无数商家一时寂灭。日本兵占据福州时，为了不与日伪当局合作，罗勉侯避难于上海租界，后来病死于异乡；张家迅速衰败后，其后代里倒有其侄孙张顺凡作为福州地区航空运输第一人的身份首开空中"沪澳航线"，并结交上流人士成立"国际扶轮社"，成为福州商界的明星式人物……

这一切的一切对于今天的叙述者来说不过楼起楼塌的黄粱一梦，但人们总愿意去追寻去记取，除了冒险刺激的财富传奇，还有商人们富而见义、乐善好施的善行义举。就像16岁起就在罗家一个鞋铺做工的马依伯，已经八十几岁高龄了，还记得1948年，罗家的一位夫人做大寿时包给他的一个大红包，"在当时，用那么多的钱可以买到8担米。一担就是160斤，放到现在也是一大笔钱……"

岳爱美与福州盲童教育

在近代中西方音乐文化交流史上，有一段鲜为人知的传奇。由十位来自中国的盲人乐手组成的管乐队受到英国圣公会的邀请远赴英国巡回演出。这次巡演历时 22 个月，足迹踏遍了英伦三岛 105 个城镇，所到之处受到当地民众热烈欢迎，玛丽王后——英国国王乔治五世之妻——接见了他们，并请他们在皇宫为贵族大臣们表演。

这十位年轻的盲人乐手皆来自中国灵光盲童学校——一所在老福州人心目中有着特殊情感的教会学校。

一、岳爱美师姑

1896 年的中国。

20 来岁的岳爱美小姐远渡重洋来到南中国的海滨城市——福州连江县的一个小渔村。当穿着英式蓬蓬裙，戴着大礼帽的岳爱美小姐从停泊靠岸的轮船上下来时，她仁立良久，大概被这陌生的异国乡村所震撼。那是一派迥异于工业时代的欧美的山水田园画的景象。远处随着淡淡炊烟飘来的充满了鱼腥味的海风让她着迷。那些裸着上身、戴着斗笠、赤脚踩在田间的男子，以及怀里抱着婴儿、肩上还挑着水桶的面目黝黑却两眼有神的中国妇女都让她感到陌生而亲切。以至于在接下来的二十几年中，她都把自己当成了这里的居民，与孩童一起度过了生命中最为难忘的青春岁月。

初时的岳爱美在连江一家医院担任护士。据《连江县志》记载，这是当地人第一次接触到西医。由于职业的缘故，岳爱美碰到许多盲人孩子，有的父母忙于生计没法照料，就直接遗弃在医院。出于一名护士的职业道德，更出于一个女性的怜悯之心，岳爱美开始依靠自己的能力来收养照顾这些孤儿。得知这位外国来的师姑无偿照顾这些盲人孩子，邻近一些家庭也把孩子领到她这里来。慢慢地，盲人孩子越来越多，两年后，岳爱美索性在连江县东岱乡一所租来的民房里办起了盲童学校——"中华圣工会私立灵光盲童学校"。

之所以是学校而非收容所，是因为岳爱美师姑希望这些孩子通过学习和训练可以掌握一生知识和生存的技能。

早在来中国之前岳爱美已经学会了布莱尔盲文，并在香港接受过福州方言培训，于是她用布莱尔盲文拼写福州方言作为福州灵光男童盲校的教科书，即后来被称为福州地区最早的盲人教材——榕腔盲文，这种方言盲文有三十多个字母，每个章节需要两个或以上的点符。1911 年前后，岳爱美又加以改进，将字母增加到 53 个，声调符号 7 个，每个音节由声韵、韵、调三个点符组成。1920 年前后，她还提出过一些简写的方法，简写词的前后都有空格，可以说是我国盲文分形式的先声。

在失去画面与色彩的世界里，盲童依赖双手的触摸和耳朵的听觉来感知这个世界，甚至他们表现得比普通人更加敏锐。据说第一位学习这种盲文的叫作肖灵开的学生仅仅用了六个星期就掌握了这种阅读方法，还可以用盲文书写《马可福音》。岳爱美从他身上似乎也感觉到了盲童超乎常人的聪慧，从而催生了想要成立盲人铜管乐队的想法。这位叫肖灵开的学生也是首批加入乐队的成员之一。

1900 年全国爆发的义和团运动打断了盲校的办学进程。社会上一时谣传西方教会的牧师会挖孩子眼睛、摘取心肝炼制西药，许多不明所以的群众视传教士如妖魔，全国各地爆发大小教案多起。

为了平息事端也为了保护在榕的传教士人身安全，岳爱美和其他传教士一起被召入福州城居住。连江盲人学校被迫停办。一些传教士离开中国返回了家乡。岳爱美也和他们一起离开了福州。但回到澳大利亚的她仍然放心不下自己收养的盲童们，她在家乡积极奔走，为盲校募捐，以便日后重返中国，继续她的盲童教育事业。

二、灵光盲童学校

仅在一年之后，岳爱美就又回到了中国。

1901 年，岳爱美小姐重返福州，在外国人聚居的仓前山梅坞路上再办盲校，并将之命名"灵光盲校"，以寄意孩子们通过在教会学校的学习和指引，可以打开通往心灵的光明通道。

两年后，岳爱美遇到了她的先生——柴井医院的院长乔治·威尔金斯（Dr. George Wilkinson），并与之结为伉俪。拥有同样信仰和事业追求的伴侣为她在中国的传教事业注入了更多稳定与温情的力量。正是在先生的支持下，夫妇俩在柴井医院对面购得土地，将"灵光"男童盲校搬到华林坊。学校的建筑风格沿用传统的中式建筑风格，这也是为了在文化上取得更多中国家庭及孩子的认同感。

同一时期还有诸如华南女校的程吕底亚、卢爱德等女性传教士在仓山地区传教办学，虽然没有找到相关的文字记载，但推想过去，这些有着相同的信仰与志向的女性一定在周末教堂礼拜时，有过彼此倾吐分享，相互慰藉鼓励的时刻。而相对于早年刚到福州时村民们盲目的恐惧和排斥，长时间近距离的接触也化解了当地人对于西方传教士的误解与敌意。

　　在失去光明的世界里，如果还有什么能唤起盲人孩子对这个多彩世界的想象和感知的话，那一定是音乐——有感于盲童学生们在声音上的敏感与天赋，岳爱美师姑一手组建了盲校的铜管乐队，又称军乐队，并聘请西方乐师教学。铜管乐队的成员也倍加珍惜这些与音乐相伴的机会。这些刻苦的孩子在岳爱美的训练下演奏技巧达到了非常高的水平，当时福州的一些官员、富商、洋人的家庭聚会、婚丧嫁娶等场合都会邀请他们去演出，渐渐地，灵光盲校铜管乐队的名声传到了福州以外的城市。1917 年开始，他们曾到过厦门、泉州、汕头等地巡回演出，收入得以补贴学校的日常运转。

　　音乐为盲童们构建起一个丰富而美妙的世界，而他们手中的长号，小号，黑管，更是成为了他们与这个世界沟通交谈的工具。靠着音乐赋予的神奇力量，他们到了福州以外的十几个城市，听到了好多种家乡以外的方言。当听到围观者杂沓的脚步声由远及近，当自己手中的乐器发出美妙的声响，当演出结束，观众热情的叫好声，鼓掌声响起时，盲童们感受到自身存在的价值。

　　在音乐的指引下，孩子们得以走出国门见识到更美好更广阔的世界。1922年，铜管乐队应英国圣公会邀请，赴英国伦敦等地巡回演出。一张拍摄于1922年的黑白老照片记录了该乐队成员的样子。照片当中的十个少年，他们是温德明、刘天铨、黄永凯、赵嗣飞、肖灵开、张保罗、潘秋弟、陈一水、林源海、张兴。他们剪去了长辫，身着中山装，手拿黑管、小提琴等西洋乐器，那深邃的眼眸仿佛在注视着镜头，又像在沉默地思考着什么。如果不是文字注明，很难看到他们身上有别于常人的神态。声音，音乐，所赋予他们的大概是另一个多彩而光明的世界。有了这个世界的支撑，他们的内心自有一份充实饱满。

　　这十位盲校学生在英国各城镇演出的同时，还接受技能培训。温德明继续学习吹奏小号并学习制作皮鞋。刘天铨学习钢琴调音。黄永凯、赵嗣飞、肖灵开三个人主修英语并学习使用英文打字机，以便对外交流。张保罗、潘秋弟、陈一水、林源海、张兴五人学习草席染色技术，并在回国后将这一技术传授给更多的盲人学生，使之成为盲校学生扬名国际的又一项传奇手艺。

　　照片中第一排右一手执黑管的少年名赵嗣飞，少年时意外失明，后来进入灵光盲校学习，成为铜管乐队成员。他当年吹奏过的黑管还被孙辈保留着。同时被珍藏的，据说还有一支玛丽王后馈赠给乐队成员的英式怀表。

拍摄于 1922 年的管乐队成员照片

这些成员成年后，大多留在盲校担任老师，教授音乐、英语等课程。曾经亲自聆听过他们教学的石孔贞老人至今还对当年的老师们心存崇敬怀念之情。他的两位音乐老师曾经是铜管乐队的成员。没有他们的教授，自己一辈子都不可能摸到钢琴，石孔贞老人永远记得自己亲手按在钢琴的黑白键上所发出的那一声美妙的琴音。

三、两个"爱美"小姐

与灵光盲校同时存在福州的，还有一所专门接收女盲童的教会学校——明道基督盲童学校。创办这个学校的女性中文名也为"爱美"，即 Amy。爱美，是对她们追求的事业的一种同化，爱美，即赞美一切，热爱一切。这位沈爱美小姐所创办的明道堂收留来自山西、厦门、新加坡等地因饥荒而流离失所的孤苦女盲童。和灵光男童盲校一样，明道女童为近代福州社会培养出了众多视障人才，有的毕业后赴上海继续深造学习国语盲文，有的担任国立贫儿院院长，有的成为音乐老师，也有的在福州教会视障幼稚园担任校长。直到今天，福州灵光男童，明道女童盲校的声誉仍然被海内外华人广为传颂。

上个世纪 50 年代，灵光与明道两所学校合并为福州市盲人教养院，即今天福州市特殊教育学校的前身，隶属教育部、民政部管辖。今天的盲校，因为不再只是依靠私人力量办学，而拥有了来自社会和政府的支持投入，可以将创办者们对盲人的关爱与教养传播到更为广泛的群体。在一代又一代盲人教育者的努力下，福州市特殊教育学校延续了当初创办者们所提出的赋予盲人生存本领，以手养心的理念，在体育、音乐以及按摩理疗方面为社会培养了非常多优秀的人才。1985 年，盲校一位叫郑秀华的女生随福州市残疾人文化交流团赴日本，参加蒲公英音乐会，她的女声独唱，博得日本各界人士的好评。2008 年，在北京主办的残奥会上，由福州盲校学生王亚峰、俞裕锬、王周彬参与的中国盲人足球队，获得了五人盲人足球比赛的银牌，王亚峰被评为最佳射手。2009 年 12 月王亚峰、王周彬两位同学作为中国盲人足球队的成员赴日本参加盲人足球亚洲锦标赛获得冠军……

与这些特别优秀的学生一样令人敬佩的是为数众多的盲校学生靠着自己好学与勤奋以及进取之心掌握了诸如按摩、纺织、乐器调音等生存的本领，可以靠自己的能力过上有尊严的生活。

四、许多的爱美小姐

因为有了岳爱美师姑等西方传教士在福州的拓荒，使得福州视障教育走在全国之先，尤其在盲文方言的发展史上留下重重的一笔。在音乐，特别是西洋乐器的教学上也一直都保持着较高的水准。

福州是全国较早通商的口岸之一，也是传教士在华布道较早的城市之一。在 19 世纪末 20 世纪初，大量的女性传教士接受教会的派遣来到中国，向这个陌生的国家陌生的人民传播信仰。如今的仓山、鼓岭，甚至稍远一些的马尾、连江、长乐等地还保留着当年传教士们的足迹。在查阅这些来华的传教士的事迹的时候，我常常陷入一种疑问，是什么促使他们远涉重洋，来到一个尚未经过现代文明洗礼的半开化的陌生之地？仅仅用"信仰"去解释总觉得乏力。

英国著名女性主义小说家伍尔芙在她的作品《三个金币》中说，"作为一个女人，我没有国家，作为一个女人，我不要国家，作为一个女人，我的国家就是整个世界。"伍尔芙的个人宣言或许能解释一部分女性传教士来华的思想动因。对她们来说，传播信仰，没有国界之分，也没有民族、肤色之分。

而在19世纪末20世纪初，西方国家普遍掀起一股女性解放思潮，一些在工业革命当中觉醒的女性厌倦了只是扮演家庭妇女、好妻子的角色，强烈地希望可以跟男人一样进入社会，找到更多的角色认同感。她们和男性传教士一样，担负起教会赋予的责任，甚至因为性别的优势，更快更深入地吸引当地的女性和儿童教民，通过开办女子学校、幼儿教育等方式，快速地传播宗教信仰。就像如今坐在办公大楼的白领，也会强烈地想要走出去，去一些偏远山区支教一样，奉献自我的同时也是一种获得，以此来证明自己的生命价值。

在今天，当全世界都倡导更加开放和自由的时候，一些高鼻梁蓝眼睛的外国人来到中国内地经商或旅行已成为大家司空见惯之事。但在当时，西人的言行还不被国内百姓接受的情况下，一大批传教士来到福州，一待就是几十年甚至终身都留在中国，他们用自己的行为给这个古老的国家带入一些新的东西，这里面包括对于人与人平等的理念，包括自强自立的做人的品格，也包括实际的医疗、教育及现代文明。

这些事这些人就像那些泛黄的老照片一样，里面的人都真实存在过，他们的名字，他们的事业，和他们在福州的仓山、鼓岭曾经住过的老房子一样，都不应消散在历史的烟云中。

宫巷沈家旧时光

从人潮汹涌的南后街拐进宫巷，喧嚷的空气仿佛一下子安静下来。往前走几十米，路过宫巷幼儿园，是一座朱漆木门的老宅。如果不是门口立着沈葆桢故居的文保石碑，游客大多不会注意。这是晚清名臣沈葆桢在江西巡抚任上买下的明代旧宅，距今已有300多年。老旧的木门平日里紧锁着，谢绝游客入内，当沈家后人沈丹昆从上海归来小住，我们有机会踏入这一座布满了历史烟尘的宅院。

一

沈丹昆是沈葆桢六世嫡孙。沈家祖上河南，宋朝南渡时迁至浙江。1743 年，家族中的一支迁往福建，定居侯官。沈家原来住在井大路北侧的八角楼街，后因家中弟兄子侄众多，人口不断增加，八角楼旧宅显得逼仄，其母虑及家中子孙无立足之地，提出购屋。沈葆桢当时虽已官居二品，但经济状况一直窘迫，任上人情往来不断，捐饷频繁，家中用度繁多，亲友求助难拒，常常是拆东墙补西墙，甚至不惜借贷。所以从咸丰九年（1859）起意购屋，一直到同治元年（1862）仍未实现。其间沈母看中吉庇巷一处宅子，但终因索价太高，财力不足而作罢。最后买下宫巷的二手老宅，大概是同治二年（1864）的事。到第二年，沈葆桢还在往家里寄钱以偿还购屋欠款。

宫巷这座宅子为明代所建，原来的主人已不可考，但沈葆桢显然对这座五进大院是十分满意且喜爱的，在他宦海飘蓬，为清王朝忙碌碌奔波的一生当中，最为向往和眷恋的天伦时光都在这宅子里度过。

沈葆桢第一次回到宫巷是母亲大人病逝，尽管此前他就屡次上折请求归养，但直到母亲病逝，朝廷才接受了他回家丁忧的请求。1865 年，沈葆桢回到宫巷沈宅。朝廷一再督促其缩短丧假，甚至江西的官员们联名呼请他回去主持工作，他仍不为所动。身处乱世，"身当大任，坐视斯民入于水火"却又无可奈何；官场权力拉扯相互倾轧让他疲惫厌倦；加上与早年提拔自己的恩师曾国藩在军费财政问题上屡屡产生龃龉，直至公开反目，都让他心力交瘁。已经 45

岁的沈葆桢一心只想与妻儿相伴过一段平静的生活，好好服侍他77岁高龄健康不佳的父亲。

在宫巷赋闲的日子，他效仿舅父兼岳父林则徐办的"亲社"，也在家中建立了"致远堂"以教导亲友的孩子和晚辈。"致远堂"类似私塾性质，定期聚会，由他讲授各种形式的文章，指导年轻子弟读书写字做学问。在外为官时，沈葆桢就十分重视家中后辈的教育，几乎每封家信都叮嘱子孙要以读书为要，还让孩子们把近期所作文章寄给他评阅。回到宫巷后沈葆桢更是专心课书教子，过起了与世隔绝的耕读生活，从不曾迈进衙门一步。

此时家中除林普晴为他生下的五子五女外，还有两名小妾各生下一子一女，以及弟兄子侄几房同住，生齿浩繁。没了朝廷俸禄，更是用度支绌。沈葆桢在自家花厅西边临宫巷的一面开了一道便门，自书鬻字润例，卖字补贴家用，据说"所得颇丰"。他自题其书室为"一笑来"纸铺。现在书室后仍可见两株古流苏树（白丁香），据说为沈葆桢当年手植，枝干挺拔，葱茏秀丽，一到春季，满树白花如雪，香溢清远，极为珍贵。

可惜时局纷乱，沈葆桢的归田园梦在那个内忧外患的年代里显得多么不合时宜。风雨飘摇的大清王朝对人才的依赖和渴求不允许他不问政事。因甘陕地区发生叛乱，闽浙总督左宗棠被紧急调往灭火。为了把自己辛苦创办的船政事业交到信任的人手中，左三顾宫巷力邀沈葆桢出山主持船政。刚过上两年清闲日子的沈葆桢终是拗不过朝廷和左宗棠的执意，又考虑到船政所在的马尾离宫巷不算遥远，尚可照料家中老小，勉为答应。在此后呕心沥血的八年船政生涯中，为了照料年迈的父亲，沈葆桢还一度在宫巷设置行辕，处理事务。

二

沈葆桢对于孝道的坚守和对家庭的眷恋，在醉心权力的清朝官员当中确属少见。对于儒家所提倡的孝义，他绝不是光在嘴上说说，而是忠实的执行者。在江西时听闻母亲大人身体欠安，信中嘱长子沈玮庆托人到厦门买上等燕窝，并在信中细细嘱咐要如何清洗，如何熬制，其细心程度，与杀伐决断的大臣形象可谓判若两人。在船政学堂的招生考试和教学中，对于孝义的坚守也一以贯之。船政学堂录取考生的作文题目《大孝忠身慕父母论》为沈亲拟。学生严复正是凭着一篇亲孝至上的应试作文感动了沈葆桢，被沈青眼相加，列为第一等。沈葆桢还规定，船政学堂学生们除了春节可以休假以外，一年无休，除非家中父母病逝可以回家丁忧一百天。

沈家的后人也继承了这一家族传统。在沈家的后代当中至亲至孝的故事时时上演。沈丹昆父亲沈祖牟38岁胃病去世时，大女儿孟瓔不过11岁，最小的丹昆才3岁，陪伴几个子女的时间并不多，但孩子们对父亲感情非常深厚，用了一辈子的时间去怀念他们的父亲，写下了多篇饱含深情的文章，读之令人动容。

沈丹昆的母亲张瑞美年老时，子女们分居上海南京银川等地，轮流接至自己家中侍养。因为母亲对年轻时品尝过的嘉兴平湖糟蛋念念不忘，丹昆便一直记在心里，时时寻访，专门从上海买来寄回福州给母亲；因为成长于教会家庭的缘故，母亲从小就喜欢喝美国的可口可乐，但1949年中美交恶之后，中国大陆便难买到了。20世纪80年代，中国改革开放后，沈丹昆到北京出差，在一家食品店里发现可口可乐，如获至宝，买了几瓶千里迢迢拎回上海孝敬母亲。子女孙辈们还专门为母亲设立了一笔爱心基金，作为老人日常零用及两位保姆的薪资。这样，一位保姆可以专心负责母亲饮食，另一位负责杂务，儿女们这才放心。正是在孩子们的悉心照料下，张瑞美安享晚年至92岁高龄。在她仙逝之后这笔爱心基金尚有结余，大家一致决定用以作为宫巷老房子的日常维修。

在沈丹昆的记忆中，老房子阴冷潮湿，夏季蚊子成灾，无法安睡，年少时曾一门心思想着早日搬出去。但人到中年以后越来越眷恋这里。每年都要从上海回来住上一段日子。

三

　　年轻时读书入仕、27岁考中进士，从翰林编修到地方知府，从文官到国防军工事业，其间两赴台湾，逼退倭寇，建设海防，最后在两江总督任上病逝，沈葆桢一生可算是波澜壮阔。修身，齐家，治国，平天下，传统儒家知识分子的理想应该说在沈葆桢身上都有所实现了。但终其一生真正想要的生活不过是现世安稳，读书、写字、陪伴家人。

　　耕读传家的理想，在他的子孙身上延续着。其长子沈玮庆，长孙沈翊清都在他的悉心督促之下一心向学，勤勉务实。嫡曾孙沈觐平是清末有名的藏书家，曾辑刊《沈葆桢古文辞》一卷，撰写《沈葆桢年谱》。曾孙沈觐寿为我国著名书法家。

　　沈丹昆父亲沈祖牟系沈葆桢嫡玄孙，民国时期福州有名的新月派诗人、藏书家、古辑整理研究者。关于他藏书的故事，其子女在怀念文章里曾多次地提到。有一年夏天，正患胃病的沈祖牟在家中休息，听人说北门外有书贩子欲将几种珍贵文献走私出国，他心急如焚，不顾病痛赶去收购。买主看出他购书心切，坐地起价，沈祖牟四处筹款，将心爱的怀表抵押了才把书买回。他的薪水除了养家，也几乎都花在了购书上，每月发薪日，就是沈家藏书楼添书的日子。住在南街的邻居们经常看见他雇了黄包车载满了书籍，自己气喘吁吁跟着车跑的样子。

这些藏书在他病逝之后，由妻子张瑞美捐献给了福建省图书馆特藏部，其中不乏珍贵的古籍善本。

宫巷老宅，在几姐弟的印象中也总是伴随着丰富的藏书。

他们不约而同忆起每年夏天在宅子里晾晒书籍的场景：五进的院子里，大厅花厅和天井，到处架起床板、门板、竹竿。姐弟们帮着父母亲按顺序将书籍搬出来，一本一本地摆好，通风晾晒。炎热的天气人也不能休息，要多次翻动，还要看着书，怕被猫儿抓破，或是被风吹落，也怕有人顺手牵羊。整个院子都排满了书，场面十分壮观。晾晒过的书要等暑气散尽才能收回书箱。有破损残缺的，父亲就让南后街旧书店老板带回去修补。母亲帮着父亲分门别类地整理书籍，用毛边纸裁成长条写上书名，夹在每一部书内，并露出一半来，让找书的人一目了然。封箱存放时，父母亲还得编目录，按箱按橱地编写，烦琐又细致。福州多雨水，宫巷又较潮湿，藏书容易受损，平时书橱书箱下面都撒上石灰，放上木炭，里面则置放樟脑，书箱都选用防蛀的樟木。这些温馨的场景伴随他们一生，直到父亲去世多年，仍历历在目。

那天我们和丹昆先生坐在其父母结婚时的老房子里，背后挂着父母的结婚照，着西式礼服和婚纱的两位新人依偎在一起，眼神平静而温和，透着旧时代的贵族风范。一架老钢琴安静地守在一隅，有些陈旧的丝绒布盖在上面，琴音多少年没有响起了。丹昆的母亲张瑞美成长于厦门鼓浪屿的教会家庭，曾就读于福建华南女子学院，年轻时热爱文学与音乐，弹得一手好钢琴。丹昆常常记起母亲饭后坐在钢琴边弹奏，姐弟几人跟着哼唱的愉快情景。女儿们也继承了母亲的音乐天赋，尤其老三沈叔都自幼习琴，现在仍作为中国音乐家协会钢琴考级的评委不时出席活动。

沈祖牟爱诗，爱书，却不爱当官，算是继承了其祖沈葆桢的异类脾气。只是躲过了战乱阴霾却未能注意到健康问题。38 岁壮年之时因病去世，留给一个家庭抹不去的伤痛。

四

一座宅子六代人，一个家族聚散离合在此上演，沈家年轻后辈们如今大多飞出了宫巷沈家，其中不少旅居台湾、香港以及海外。作为长房长孙的沈丹昆担负起了家中族长的责任，收集与沈葆桢相关的研究资料，组织沈氏亲族的联络与聚会。得益于时代的开放与交通的便利，沈家海内外的亲友也可以跨越阻隔，不定期地联谊聚会。

亲友们回国或回榕也必定和丹昆联系。前不久获颁美国"总统自由勋章"的华裔建筑设计师林璎20世纪80年代初曾应邀到北京访问，其母张明晖为张瑞美侄女、丹昆表姐。母女二人专程从北京转道福州，看望住在宫巷的姑母。见到宫巷家的几个姨姨"孟璎、亚璎、季璎"名字当中也都有一个"璎"字（三女沈叔都因生于宁德三都澳，故名都），林璎才明白父亲为自己取名的由来。这是林璎唯一一次回到福建，一晃已经三十载。

沈宅外面的世界正在发生着天翻地覆般的变化，三坊七巷众多院落作为明清建筑博物馆迎来了彻底的改造和翻新，南后街从贩卖廉价服装的小街巷变成了宽阔的步行街，吸引着成千上万来自全国各地的旅行观光客。修了多年的福州地铁一号线从南街穿梭而过。崭新的东街口快要和市民们见面了，沿街都是光鲜高大的门庭店面。

整个世界在飞速地变化着，只有这座宅子被遗忘在时光之外。不知是哪次台风将檐上的青瓦吹落到地上，雕花的木窗被白蚁啃噬后摇摇欲坠，墙面上的白灰剥落了，露出一大片一大片嵌着蛎壳的土墙。一些木梁横倒下来，无人收拾，上面都长满毛茸茸的青苔。倒是天井里阳光充足，雨水充沛，一小畦青翠的万年青自由生长着。

这是福州人家中最常见的植物，据说万年青生长的旺盛程度预示着家中老人健康长寿。

拜访沈宅的那天早上天气晴好，沈丹昆领着我们在一进一进的宅院里穿行，犹如打开了一道道时光之门，小时候几姐弟在天井当中玩耍追逐的时光仿佛就在昨日。

父亲离开那年沈丹昆三岁，如今他也年过七旬，回到这里，沈丹昆还能感受到父母亲的存在。曾经因为赖床跟母亲赌气，和姐姐们在天井里追打游戏，慌乱的时光记忆布满了这个宅子的角角落落。他领着我们在宅子里逛着，每一个角落每一块砖底下都有讲述不尽的沈家的故事，那小小的门窗与天井上空变幻的风云都在它斑驳的墙上刻下印痕。看着这些因为被时光侵蚀而有些破落的院子，既骄傲，又伤心不舍。

这些年，他为老宅的保护和修缮多方奔走呼吁，沈家后裔最大的愿望是将之改造成"沈葆桢纪念馆"，既能保留这座明代建筑的全貌，又能将沈葆桢的生前事迹——留给后人瞻仰。

沈葆桢居官三十载，为国为民，操劳一生，而他自己两袖清风，身后萧索。宫巷沈家的老宅子成为他留给子孙后裔唯一的遗产。

这座宅子也的确如其所嘱，属于所有沈氏后裔，庇荫了繁如花枝的沈氏后人。沈家人以宫巷为根，开枝散叶，播迁世界各地。如今宅子也老了，文肃公在此播下的耕读传家的理想和以身作则的人格精神会不会也消失呢？手捧大把从宫巷老宅中移植的万年青，一时回不过神来。

叩玉有声

——吴清源的方圆世界

"身穿藏青底白碎花纹的筒袖和服，手指修长，脖颈白皙，使人感到他具有高贵少女的睿智和哀愁。"这是日本作家川端康成笔下的吴清源，那年他 14 岁，作为来自中国的围棋天才到日本进修。

一 高山流水

因为顶着天才少年的称号，吴清源一到日本，对于怎么给他定段位的问题就引起了日本棋院的强烈关注。濑越宪作老师后来回忆说为了给他定段位，棋院竟开会讨论了近 8 个小时，僵持不下，只能真刀真枪地棋盘上见。

第一位对手是日本棋院的精英代表——四段棋手筱原正美。毫无悬念，吴清源胜。

第二战本因坊秀哉亲自出马。秀哉是日本棋院领袖人物、号称不败名人。他生性孤傲，即使是本因坊弟子也难得有机会得到他的指导，他却主动要求和吴清源下测试棋。将吴清源引进到日本的濑越老师紧张得不敢观看比赛，比赛的结果是吴清源执黑受让二子的情况下赢四目。但年少的吴清源似乎并没有感受到这位名人的强大压力。在他后来的回忆录里他淡淡地说："即使对手是名人我也没有什么压力，我很沉着，下得很好。"他只记得赛后大他五岁的棋手木谷实请他吃了一碗日本拉面，"滋味好极了。"

五年之后，秀哉名人 60 岁的花甲之年，吴清源在日本围棋锦标赛上战胜众多对手，获得和秀哉对局的资格。这像极了《一代宗师》当中叶问与武林盟主宫宝森的金楼之战，大有一种交棒的味道。

在如此重要的比赛上，执黑先行的吴清源出乎众人意料地下出"三三·星·天元"的新布局，这是与好友木谷实二人所创新的一种完全抛开传统定式的新打法。在这么攸关的对局上使用，多少有点藐视权威的意思。这出其不意的打法令秀哉一时乱了阵脚，一再要求"打挂"，即暂停，有时候一场棋只走了一手就打挂。因为一直暂停，这局棋从当年的 10 月份一直下到了第二年的 1 月份，用时三个月。电影《吴清源》里表现这场比赛的时候，一边是打挂的秀哉集齐门下精英研究对策，一边是年少的吴清源和木谷实百无聊赖地坐在滴雨的屋檐下沉默不语，许久吴清源才无奈地感叹一声"真不知道要下到什么时候"，两人相视苦笑。

最终的结果是秀哉在 160 手的时候走出一手绝妙回天之棋，终以两目之差险胜。但输棋的吴清源后来感慨说在那么紧张的氛围下输了棋未必不是好事。

如果说跟秀哉的两战都充满着传奇的意味，接下来的昭和年代中车轮战一般的十番棋则创造了不可复制的吴清源神话。他几乎打败了当时日本所有的超一流选手。用一个流行的段子的说法是，日本棋界相互对掐，挑出一个最强的，被吴清源灭掉，再掐出一个最强的，同样被灭掉。

十番棋的第一个对手不是别人，正是当初请他吃面的木谷实。二人既是棋盘上的对手，私下里又是惺惺相惜的挚友。但在 1939 年吴清源和木谷实的"镰仓十番棋'当中，第一局就出现了见血惨象。因为吴清源走了一手失着，木谷实紧绷的神经一下放松，出现脑部贫血，"砰"地一声晕倒在了地板上。而此时吴清源正沉浸在长考当中，周围发生的事情完全被置之度外。

《读卖新闻》为了追求戏剧效应在报纸上以《木谷氏鼻血倒地，吴氏视而不见继续长考》的新闻刊出，为吴清源引来众多指责。加上当时中日之间战争阴云密布，一些极端者甚至向吴清源发出死亡威胁，他家住所的玻璃窗都被人用石头砸破。这也让濑越老师担心不已。考虑到母亲和妹妹的人身安全，吴清源问老师，要不要暂时中止比赛。濑越老师经过艰难的考虑过后，勉励吴清源说：作为一个棋士，哪怕战死在棋盘上也是一种光荣。比赛进行到最后，吴清源顶着压力最终以 5 胜 1 负的成绩战胜木谷实。

此后从 1955 年夏天到 1956 年秋天，面对木谷实、桥本宇太郎、藤泽朋斋等多位超一流棋手的挑战，吴清源保持了不可思议的不败战绩。当时日本棋坛三代顶尖高手全部被吴清源战车无情碾轧，有的甚至被他打退两级。整个昭和棋坛，再也找不到可以与之一较高下的对手。如果不是 1961 年那场车祸，吴清源传奇可能会一直延续下去。在那次车祸中，横穿马路的吴清源被一辆急驰的摩托车撞飞、昏迷，送到医院后，没有得到及时有效的救治，以至于留下严重的后遗症——头痛，甚至精神错乱。在 1973 年的十段赛后，吴清源退出江湖，留给棋界一个不可复制的传说。

二 水到渠成

让我们将镜头拉回到多年前北平的那个冬日，父亲病重的那个晚上，年少的吴清源和哥哥们一起站在父亲的床榻前。父亲缓缓地把字帖交给长子吴浣、把小说交给次子吴炎。交给吴清源（时名吴泉）的则是他天天摩挲的棋子。这一幕多少有些宿命的预兆，之后老大吴浣果然在伪满洲国任职，后举家迁往台湾，晚年赴美。二哥吴炎留在天津，受到共产主义理想感召，加入了中国共产党，晚年进入高校，成为教授、文学家；而吴清源，成为举世无双的棋手，完成了父亲生前的期许。

位于福州城北大路的半野轩如今已难见当年的格局，唯有池中的百年水榕还依稀镌刻着往日的痕迹。这是吴清源的祖居地。其祖父吴维贞是清末重臣，曾官至浙江道台，后辞官经营盐务，维持庞大家业。父亲吴毅留学日本，但无心学业，醉心围棋，似乎还跟专业棋手学过棋，归国后依然念念不忘。

小时候父亲在家里和客人下围棋，吴清源就在旁边看，不知不觉就学会了。八岁时有一回他在旁边冒出一句"这下没救了"，父亲才开始教他下棋。父亲从日本带回来的专业棋谱成了幼时吴清源独自修炼的武林秘籍。他的左手中指略为弯曲变形，就是年少时一手执谱，一手摆棋造成的。慢慢地，父亲领着他到北京的围棋会所

下棋，与当时北京最知名的棋手顾水如、刘棣怀等人对弈。吴清源
11 岁时，家庭遭遇变故，吴毅患肺病去世，生前投资也失败，一度
靠变卖家产度日。后经京城棋手顾水如推荐，吴清源得以到段祺瑞
府内下棋，以赚取每个月 100 元的赞助费，维持家用。据说少年的
吴清源第一次和段祺瑞下棋就不留情面地赢了他，惹得段拂袖而去。
众棋士也跟着倒霉，早饭都没得吃，但答应好的一百大洋还是付给
了吴清源——吴清源成名之后又跟段祺瑞下过一场指导棋，那时候
段已经从政坛隐退，在一座寺庙里修行，军阀的傲慢不见了，见到
吴清源，主动以下手之姿执黑棋请教——在段府里下了一年棋后，
段祺瑞就下野了，吴清源又回到北京中山公园的"来今雨轩"下"露
天棋"。

那时候北京的有钱人常常提供奖品奖金，引得棋手们竞相争夺。
小小年纪的吴清源是常胜将军，正是一张他抱满怀的奖杯奖品的照
片登上了当时北京的报纸副刊，引来大家的注意。其中就有在京经
商的日本人山崎有民，他把这个天才少年引荐给日本的濑越宪作八
段，从而开启了吴清源华丽的围棋之旅。

人的命运奇妙如斯，一如流水，遇悬崖便成瀑布深潭，若遇峡
谷便成细流，而吴清源一路流经高山阔地，终见海天景象。

三　中之精神

"深夜，站在阳台上眺望月亮，会看到八岳西侧的赤壁在冰冷的月光下，以其太古就有的姿态默然而立，回到寝室，翻阅《诗经》及《神仙通鉴》等书，史前中国的岁月自然就会浮现眼前。"这是初到日本，吴清源写下的日记，自小受中国传统文化熏染的他，内心所蕴藏的是史前的太古中国，甚至可以说，在他身上古风犹存。

吴清源年轻时曾一度做过养马之梦，原因是从小看到的中国画中，文人隐士都是仗剑天涯，以马为伴的。想象着一边悠然信步在群山耸立的羊肠小径上，一边听耳边百鸟啼鸣，是如何的浪漫自在。为此，他开始学习饲养方法。在他日本住所的斜对面有一块巨大的空地，青草繁茂。吴清源认真和妻子中原和子商量，想把这块地买过来，养两三匹马。他甚至非常认真地找到了这块地的主人，跟对方谈好了每坪五百日元的价钱，后来朋友告诉他，当时日本的市价一坪才三百日元……考虑到夫妻两人对于经济实在一无所知，又马上要面临和藤泽九段的十番棋对局才打消了计划。而养马之梦却久未消失，在他晚年的自传中还喟叹不已。

围棋之中的吴清源，被人称作棋神，运筹帷幄，决胜千里，而围棋外的吴清源确实犹如餐风饮露一般不食人间烟火。当年为了追随自己的信仰，跟着玺光宗四处流浪，不惜把全部的收入都交给玺光教主。《读卖新闻》社曾为他置下房产，但考虑到玺光宗会占为己有，就一直未写入吴清源名下。后来吴清源退出教团了，读卖新闻社的好友提醒他去办下过户手续。他和夫人反问：为什么啊？这样不是挺好吗？搞得《读卖新闻》的人摸不着头脑。所以即使以棋圣之名屹立于日本棋界巅峰，名下却寥寥。唯一的产业是二人居住的房子，是在他四十岁的时候才建造的。

电影《吴清源》拍摄时剧组成员造访他的住处。已经年迈的吴清源和夫人中原和子在自己家里接待了张震、田壮壮等人。老人家饶有兴致地向他们介绍说院子里的柿子树一到秋天会结很多柿子，常有猴子跑来偷吃。张震好奇地问，多吗？他马上用日语问老伴，又用中文告诉张震，不多。自始至终两个人脸上带着孩子一般天真而深情的微笑。或许这园中长满柿子树让他多多少少想起了福州的故园。

1980年代后期，吴清源和二哥吴炎曾随日本围棋代表团回到他们的出生地福州，探访了北大路的童年故居半野轩，记忆中的水榕、池塘和钓鲈桥都在。如今在福州乌山脚下寸土寸金的地方福州市政府专门建造了"吴清源围棋馆"，内设围棋少年培训班，一到周末会有家长领着孩子来这里学习围棋，也聆听同乡吴清源的一生传奇。

四　叩玉有声

　　吴清源出生于 1914 年，历经满清、北洋、民国、新中国，至 2014 年 11 月去世，刚好一百岁。从七岁接触围棋到去世前一天还在摆棋谱，真正可以说为棋而生。他一生历经战乱漂泊，小小年纪家道中落，去国离乡，又因身份问题屡遭排挤。艰难苦战立于棋坛巅峰，又突遭车祸不能比赛，这些经历在他晚年的自传中都化成充和恬谈的絮语，毫无怨怼。从第一版《天外有天》到第二版《中的精神》，一些情绪化的表达和戏剧化的场景都被他去掉了，更多的是关注内心的反省与修炼。他所谓"中的精神"源于道家思想，即太极当中最和谐的那一点。之于棋艺，让每一颗棋子找到它们最恰当的位置，从而全局相生，满盘皆活。这相对于只争一步之胜的棋手来说当然是不一样的境界。而这种精神之于个人或许就是在这个复杂纷繁的世界当中找到平衡，在自我的精神世界里找到平衡吧。

　　在他逝世后，日本全国的电台媒体都给予了充分的关注。日本棋坛大臣武宫正树九段代表棋界发表悼词："历史上和先生同时代的日本名手重将是不幸的……在他们前进的路上，先生犹如天下雄关般挡在阵前……先生以一己之力挡住了日本的所有名士的轮番冲击，昭和时代堪称无敌。因与先生同一时代，他们也比我们现在所有人要荣幸许多，因在交手中有机会参悟先生棋道绝峰的超凡技艺，此生无憾。对于战争年代的棋手来说，不！应该是对于所有棋手来说，先生犹如苍天在上！"

和高超的棋艺一起被带到日本的还有吴清源身上高贵的中国名士的气质情怀——清雅、谦和、执着与高妙。这些美好的品质像他终生所追慕的《诗经》中的上古时代的月光一样照在他走过的每一个地方——

在日本富士疗养院里，因肺病卧床的吴清源长久凝望着窗外冬日寂静的树林。照顾他的喜多文子老师问他要不要换一个暖和一点的地方，吴清源说不用，我喜欢住在这里，空气干燥而清冷，很像北平……

烟　火

美食的江湖

——回川偶记（一）

　　去外婆家的途中，我和妹妹拐到菜市转了一圈。本来想买点卤菜凉菜就脱手，结果一进菜市就走不动路，荤的素的，买了一大堆，整个车子后备厢都塞满了。或许只有到了我们县城的菜市，才能理解什么叫"活色生香"，啥子菜都买得到，新鲜饱满，不由得对生活之富足发出感叹。难怪作家阿城回到国内，接待方把他安排在星级宾馆他很不爽，一定要睡到菜市场的楼上才安逸。扯远了。话说我们到外婆家时，主厨大人——表哥不在，我心凉了半截，心想这一堆原料要咋打整呢。舅妈轻描淡写道——还有我哒。是呀，我咋搞忘了，厨师不在，他娘还在嘛，怕个铲铲哪。

仍然记得小时候舅妈推的石磨豆花是如何哄得一家老小眉开眼笑的。尤其调的那个蘸酱，新店的朝天椒切成颗粒，红绿相间，撒点花椒面，再加点切碎的炒花生，红油调好，夹一块白白嫩嫩的豆腐裹进去，又麻又辣，又香又嫩，豆腐入口即化，还有花生的香脆，那种口感，妙得很，一甑子干饭一会儿都要见底。世人只晓得自贡富顺的豆花有名，实际上吃下我们威远人用石磨推出来的豆花，那才是舒坦。如今老家县城的大小街道上，仍有各式各样的豆花饭馆，干活干累了的人们，走进去，喊一碗豆花配干饭，花钱不多，吃得满足，完了还可以喊老板儿，拿根牙签，假眉假眼地剔着牙出门。又扯远了，我要说当天在没有任何准备的情况下，舅妈，以及老家的叔、姨们是如何整出一桌子巴巴适适的佳肴的。

我们买菜时也没个安排，看到啥好吃就买，东一榔头西一棒子，丝毫没有逻辑性。但这难不倒他们。说实话，农村人，地里有啥就吃啥，哪个去搭配哟。苦瓜烧鸭子，棒子骨炖汤加耙豌豆，鲜椒活渡鲫鱼，跳水兔，水煮田鸡，糖醋排骨，素炒玉兰片……还有啥子，我都想不起了，后来看看桌子上荤的太多，素的太少，现到屋后掐了两把地瓜藤，当然是最嫩的尖尖的部分，炒起，清香脆嫩，鲜绿动人。当一道一道菜端上桌的时候我真的有点儿傻眼了，到现在才慢慢地回味清楚当天吃了些啥。好像中间听说糖醋排骨做法太专业要不要电话请教高人远程指导，舅妈说，问啥子嘛，想咋个整就咋个整，煮熟了就能吃噻！结果整出来，色香味俱全，一点儿不输大饭店。要多么有底气的厨子才敢说出这样霸道的话，嗯，整个场面都被她老人家 Hold 住了。

其实还有多位高手一直在旁边没出声，比如低调的五姨父。他也是身怀绝技的，尤其对付鱼这种食材，怎么做都好吃得板（打滚的意思）。五姨家里承包了一口鱼塘，一到过年的时候，就拉网打鱼。亲眼见到满池塘的鱼儿活蹦乱跳，像惊飞的群鸟一样。每年上千斤的草鱼，鲤鱼，除了村里邻居会买一些，剩下的都被我们一大家子出口转内销了。糖醋，清蒸，红烧，活渡，五姨父都不在话下。但他不到万不得已是不会出手的，嗯，很有武林高手的气派。

再说说前面提到的那一位高手，就是烹饪途中准备打电话求救的对象，其实是我二妹夫，主业开出租，副业打牌，业余做做家常菜，但个人感觉，他如果开餐馆，可以秒杀很多专业厨师。家里人聚餐请客，一般都是由他出山，妹妹只能打下手。这家伙除了菜做得好，嘴皮子也了得，从他嘴里说出来的话硬是好耍得很，跟他一起打牌，人都要笑抽筋，难怪我妹妹总是喋喋不休地向我们转述他的各种版本的经典笑话。尤其喝得有点二麻二麻的时候，他的话开始如滔滔江水，绵延不绝，川人的幽默在他身上得到最完整的体现。从他身上我才发现，似乎每一个川耗子都是一个语言高手，在他们平常的说话当中，都会不自觉地运用很多修辞，比如夸张、比喻、反讽、借代……连带他们的人生也因为麻辣鲜香而充满了文学意味。

这样子说起来好像我们这一家人聚在一起就只是为了口腹之欲。错！真相是，所有的四川人聚在一起都是为了美食。只要到过四川，你的好吃嘴巴永远不会被亏待，因为你永远想不到在哪个犄角旮旯的苍蝇馆子里，隐藏着不动声色的烹饪高手。所以那些动不动要自杀殉职的法国大厨，真的不敢来四川，毕竟命只有一条，死不起！

遍地风流

——回川偶记（二）

红油抄手

回成都偿了多年来的凤愿，吃了夜夜想念的红油抄手。

其实就是大号的馄饨，但又比馄饨有嚼劲，我曾经以为是肉馅更多的原因，其实不然，皮也比馄饨略厚，又比饺子皮略薄。肉馅最好是七分瘦三分肥，在自家菜板上剁碎，剁的时候加上姜蒜，这样味道才完全融合。然后加蛋清，还要加一点点水，使劲搅拌，这样肉馅才不老；煮的时候汤要宽，火要大，浮起来了就出锅。加点白油，撒上花椒面，一口一个，那爽滑，可以一气干掉一海碗。不说了，到成都的第一餐就吃红油抄手，吃完了才想起，咋不拍个照得瑟下嘛！

肥肠粉

一直念叨肥肠粉，手工现打的那种。于是小妹和成哥专门开车到梁家巷"甘记"。那几天实在是热，但肥肠粉店里生意同样火爆。老板娘坐在邻街的店门口，一手攥着厚厚的一沓钞票，交了钱就发一双筷子；几个年轻的厨子围在一口偌大的汤锅面前，一些往锅里下粉，一些负责把装有作料的碗摞到锅边。客人们在锅边排队等候着，叫到自己的号了，就上前端起一碗拿到前堂里找个位子坐下吃，没有人专门侍候。旁边一个玻璃柜子里码着刚出炉的牛肉锅魁，黄金灿灿的，又脆又香。绝大多数客人都会夹一个泡在汤里吃，像西安的羊肉泡馍，又烫又辣，吃得人汗涕齐出。我原以为那么大一海碗，恐怕整不完，哪晓得，稀里呼噜吃完了还盯着小妹碗里的。"来嘛，再喊一碗嘛！"小妹体贴地说。

钵钵鸡

钵钵鸡本来是乐山的小吃，但是成都也流行。为了找一家味道正宗的钵钵鸡，我们在烈日下逛了好几条街，身为地主的成哥还打了好几个电话，向兄弟伙询问哪里的最好吃。最后锁定 SM 广场楼上的那家，说是环境好，服务也好。说起来那家味道是不错，环境是比较高级，但是，总觉得哪里不对。后来，某一天逛春熙路逛累了，在街边吃到一家令人销魂的钵钵鸡我才反应过来，这些小吃还是要在街边边挤着吃才有感觉。

钵钵鸡就是一个钵钵（盆）里腌泡着的各种穿在竹签上的食材，藕片，土豆片、毛肚、鸭肠、海白菜，莴笋尖……这些食材事先要煮到七八分熟，然后浸在一口装满高汤加红油的钵钵里，吃的时候一根根抽出来，蘸上辣椒面，虽没有串串那般热气蒸腾的浓烈，但那种冷艳和令人回味的幽香却是串串不能比的——原谅我解释不了它的妙处，只要到成都吃过一回你就会懂了。

串串香

成都最有名的是玉林串串香，于是满大街都打起了玉林串串香的招牌，究竟哪家是正宗的，恐怕他们自己也说不清楚。但是到了成都咋个说也要吃一回串串才说得过去。

　　因为前些年央视的报道，成都各家火锅店有重复锅底的问题，多家火锅店都在电视上承诺不使用老油，因此，现在一进店，服务员会让客人选择，是一次性锅底还是经典老油锅。我看很多食客还是愿意吃老油，为啥子嘛？爱吃火锅的人都晓得，锅底熬得久，作料的味道才真正煮进味，火锅烫起来才香；一次性的锅底味道太清淡不说，价格还要贵两三倍。而且我觉得，吃一次就倒掉还是多可惜的嚓，老板才没得那么哈，当真把锅底倒掉哦。所以，我还是选择了老油。至于卫生问题嘛，你不要天天吃嚓，偶尔一次，实在怕拉肚子嘛，个人把药买好嚓。

　　话说成都人就是幸福，把鸭肠当面条吃，你看嘛，每张桌子面上都摆满了鸭肠，油光水滑的食客们夹起鸭肠像孙悟空捞面条一样，一边烫一边数，七上八下，不绵不老，又脆又嫩，拈起来，在撒满蒜末芫荽的油碟里打个滚，不顾烫，塞在嘴里乱嚼一通，再来口冰镇的啤酒，小日子过得。好多人吃着吃着，就开始脱衣裳，光起膀子整——当然，我说的是大老爷们儿。

　　姑娘们不喝酒，没得关系，实在辣抖了，喊一碗黄糖凉糕，冰冰糯糯地入口，立马给舌头最舒适的安慰。至于太讲究的妹妹嘛，就不要出现在这些场合，美味和端庄之间你只能选一样，想要在这样的美食桌子边保持形象确实是一件不太可能的事，你懂的。

家常菜

说了那么多好吃的，其实最常吃的还是屋里头家人自己做的菜。大妹的老公就是一个业余九段的烹饪高手——如果有分段的话，他要是来福州，可以把大部分的川菜厨师整下课。一般情况下是妹妹下厨，但如果家里有客人，就要他哥子出山，妹妹打下手。他的保留节目很多，小米椒渡鲫鱼、白萝卜烧牛肉、干煸鸭都相当有水准，用成哥的话说是"相当之哦哟"。

当然，还有妈妈拿手的兔酥肉，因为做法类似炸鸡块，被儿子称作自家"肯德基"，以及妹妹蒸的咸烧白都值得我膜拜。还有六姨蒸的猪儿粑，配上嫩玉米稀饭加大头菜，硬是不摆了。可能这也是我不敢留在家乡的原因，天天胡吃海塞，不晓得会长成啥样。

俗世功夫

　　每次炒莴笋的时候就会想起一个叫罗利的女孩，一米五的娇小个头硬是要去学烹饪，抢大勺，单手掂锅，把瘦瘦的手臂练出二头肌来。

　　她教我切菜时的用心，尤记得对莴笋的处理。剥皮时要把白条的筋削净，这样嚼起来才不会有丝丝缕缕的纠缠；然后匀切成段，再把每一段竖着削去周围不平的地方，让这一段莴苣看起来像规整的圆柱，如果是烫火锅，则再切片。将玉段平放，一手掌紧压，一手持刀，与菜板水平，向内用力，让刀刃找到莴笋内部的纹路，片切进去，理出一张张薄片，片尾稍有卷翘，像碧绿翡翠一般鲜绿剔透，堆叠起来，生吃也是极鲜脆的，夹两片入滚汤中烫煮片刻，蘸蒜末香油，清香味仍在。

这个女孩第一次让我知道，切菜也这么多讲究。如果是切成厚块烫下去，外烂内硬，全然没这种口感，若红烧鳝段，则可。因此，刀功——当然，于我不敢称刀功，只能说切法，至关重要。就像红烧牛肉，若是切成薄片，那种醇厚与豪放之气将荡然无存。因此，去吃鼎鼎有名的红烧牛肉面，只要一看摆在面上的几片薄牛肉，就大失所望了。

回锅肉也极讲究肉片的切法。从锅中捞出肥瘦相间的大块三层五花肉（一定不可煮过，断生即可），放冷水过一下，肉内组织遇冷迅速收紧，肉可保鲜柔韧。放至案板上，不要再分块，就巴掌大最好。一手四指微曲紧扣，一手持刀竖下，刀面紧贴指骨，90度竖下用力，两手边切边后移，可保肉片厚度均匀。刀一定要利，遇油不腻，瘦肉的部分才不会被钝刀割碎，出来的肉片才能肥瘦相连，拿起一块，数一数，红白相间，确有三层，下锅遇热油，边沿内卷，中间凹成一小窝，此时下郫县豆瓣，下豆豉，下花椒，下蒜苗，白糖等料，爆炒出香，未及装盘，必忍不住两指拈起一片丢入嘴中，闭眼咀嚼，肥瘦混合，不涩不腻，神仙滋味。

看有人教做水煮鱼，全法照做，味道却不然。很大一部分原因也是鱼片不过关。跟莴笋片同理，烫煮的鱼片切成鱼块，稍煮外嫩却不入味，久煮入味肉质却变老，很悲催，对不起那鱼。

四川人很幸福，你去市场买鱼，多半切鱼师傅会问你是红烧啊还是水煮，回答是水煮，他会三下五除二帮你清理切片，且肉刺分离，恰到好处。不用去学刀法。但其余地方卖鱼者未必有如此周到的服务，若想吃自制水煮鱼，就要好好练一下刀功。鱼身滑腻，建议切鱼时用干净纱布按住鱼身，这样安全、高效，反正不是饭店大厨，不怕人笑话。然后用大刀将鱼身分成三大片，主要是把两面的肉同中间脊骨分开。鱼头和脊骨斩成小段先入锅熬汤，鱼肉则要仔细对待。前面说了鱼肉滑腻，片鱼片真是考验。尤其对于纤纤玉手的小姐，此时一定要豁得出去。用手掌压紧鱼身，另一手握刀，斜入，刀片与手掌平行，向内用力，如此再三，片出的鱼片厚薄均匀。四川话管这刀法叫"拼"，普通话叫"片"。自贡有种非常有名的牛肉干叫"灯影牛肉"，就是讲拼出的牛肉薄如纸片，对灯透视可隐约见物，故名。想来，这鱼肉亦可称之为灯影鱼片了。然后加料酒、盐、胡椒粉去腥。加入水淀粉、蛋清及其他调味料抓一抓，码在一边入味，待汤滚水沸，将鱼片铺排锅中，稍煮，肉片即泛白打卷，浮于汤面，如一锅洁白云团，鲜辣入味，操刀者必已垂涎三尺，欲罢不能。

说起来，真是应该生活在四川，哪怕就为了在菜市场那听听那些马蹄般嗒嗒响的剁菜声音。就我出生的小城，每一个菜市场必有几家切菜摊点，师傅就专门帮人切菜。上班族下班后急吼吼地买了肉、菜，不想打理，扔到摊上，站一边，几分钟，要片要块要丝，立等可取。看师傅们切菜也是种享受，那手法叫一个麻利，切出的片绝对是厚薄均匀，不急不躁；切出的丁也是大小相当，经得起打量；用四川话，那叫一个巴适。而且人家那刀，嘿，片肉用的薄刃，又轻巧，又尖利，不需用力，肉片即分开来；剁肉用的重刀，斩骨用的大刀，如斧般沉着有力，真可与李逵的斧头匹敌，那真是十八般兵器，样样皆精。而听那剁肉的声音，亦可分出不同的节奏来，时像马蹄飞踏，时像骤雨砸瓦，而切菜工脸上却满不在乎的傲骄表情，仿佛大隐于市的武林高人。

素食清趣

豌豆尖儿

我不知道是不是只有四川人才食豌豆尖儿，至少我在家乡以外的地方很少看到。但见到一次必定如获至宝，再贵也要抢着买的。

这不光关乎乡愁，更真正关于味道。豌豆尖儿大概是所有的青叶蔬菜中最嫩最鲜美的，它只是豌豆未结籽之前掐下的最嫩的一截细芽，打个不恰当的比喻，是尚未涉世的十三四岁少女的甜梦，嫩得叫人不忍心采食。

福州文艺事业发展专项基金

（福州市人民政府设立）

- 扶持重点项目
- 鼓励文化创新
- 聚焦文艺人才
- 促进文艺创作

本期基金感谢
福建省发树慈善基金会的大力支持

每到吃豌豆尖儿的季节，我跟妹妹到田地里看着嫩得出水的一畦畦豌豆像未睡醒的少女左偏右倒地缠绕在一起的时候，就有一种不忍下手的感觉。类似茶中的极品，豌豆尖儿也只采藤上最嫩最细的那一段儿，柔软的嫩茎轻轻一掐就断，你甚至能听到食指和拇指拈合时那一声娇细的断裂声。我就像个贪婪又愧疚的大盗，一面怜惜，一面抗拒不了它的美味诱惑，再掐一芽，再掐一芽……

　　这么嫩的东西唯一的烹饪方法是烫到汤里，很多时候只是过一遍滚水就熟了。妈妈一般把豌豆尖儿码在碗底，待肉汤滚开时浇上去，只需要一两分钟，捞起来吃，既清甜爽口，又有一种生生的青苗香。

　　没有肉汤，就用豌豆尖儿煮面条，加一个煎蛋，也是不用下锅煮，等面条快好的时候和汤一起浇上去，一烫就熟了。这样的面条可称极品，和着豌豆尖儿大口大口地吸溜进嘴巴，既有面条的爽滑韧劲，又有青苗的脆嫩清香，再昂贵的山珍也不能比。我每次看我妈往我们碗里码豌豆尖儿的时候就特别紧张，生怕自己碗里少了一根儿。一边吃还一边惦记着妈妈碗里的，真是贪心不足。以至于我长大后离开家乡到外地工作，念念不忘家里那一畦畦豌豆苗，每到快要上市的季节就心里欠欠的。有一年，跟我妈说了要回去，我妈一直护着那一畦豌豆尖儿舍不得摘，结果等我回去的时候已经长得太老，不能吃了。

红油菜薹

过年的几天好想吃一盘清炒油菜薹，那种红杆儿的，但找遍附近的生鲜超市和农贸市场也不见卖。有的只是绿杆儿的白菜薹。

红油菜薹其实不是油菜，比油菜矮小很多，准确点儿应该是七叶心？学名是什么，搞不清楚。跟白菜老了长出苔不一样，红油菜薹本身可食的部分就只是整棵菜叶中间包裹的一根菜心，将这一根花茎折断，掐成小段，稍老的部分若舍不得扔可以撕去外皮，切薄片，放两三个干辣椒，大火热油下锅猛炒，片刻即起锅装盘，脆嫩爽口，还有一股淡淡的清苦，介于薄荷与菜头之间，百吃不厌。

选红油菜薹很讲究，颜色越深越油亮越好吃，但杆儿不能太胖，太胖已没有了那股苦香味儿，要细一点，嫩一点的，这样带皮儿炒最好，撕去皮的杆儿有点像肥肉，既少了香味，也容易软烂，没有那股清脆劲儿。开花的也不好，有花粉的涩。最好就是刚结蕾未开之时，带几缕尖叶儿，叶儿吸油入味儿，杆儿清脆爽口，配上一碗散散苏苏的油炒饭，人间至美！

油炒饭

油炒饭就是猪油炒地瓜干饭，一定要猪油，也一定要有地瓜，饭最好是沥过米汤后用甑子蒸出来的，地瓜要粉粉的白地瓜，红心地瓜太瓤太甜，不适合翻炒。

把隔顿的冷饭从冰箱里取出来，稍微拨散。锅中放猪油，烧热后倒入蓬松的米饭使劲翻炒，不需要多高超的技巧，炒到有微微焦香既可。放少许盐，起锅。颜色可能不是特别漂亮，但是猪油与米饭、地瓜之间混合的那种家常世俗的香气无可替代。要是柴火灶就更有感觉了，一屋子饭香氤氲在噼噼啪啪的柴火爆裂声中，那满屋升腾的烟气把每个人都卷进去，包裹在一起。油炒菜一定要大口大口地往嘴巴里扒才过瘾，配上一碟刚起坛的泡菜、包菜、豇豆、萝卜皮……不拘什么都好，咬一口泡菜，扒一大口炒饭，把腮帮子塞到鼓鼓的，再喝上一口浓稠的米汤，那种满足与幸福感，估计是许多高档酒店燕翅鲍鱼也不能给予的。

泡菜

说起泡菜，我们家厨房那几口大大的泡菜坛，不，应该叫泡菜缸就立马跳了出来。应该说四川人家里都有至少一个泡菜坛，在物质比较匮乏的年代，就是这几口泡菜坛解决一家人一年到头的餐桌难题。即使到现在，泡菜仍然是四川人家厨房里必不可少的物件。我们家尤甚，三个大缸，一字排开，而且是妈妈严守的阵地，不许我们随便染指。一来是泡菜水储存时间长，极容易生花变质，二来坛口若没盖好，进了一丝空气，也会导致泡菜腐坏。因此，每次开坛捞泡菜都得妈妈亲自动手。而且三个坛子各有分工，一个泡辣椒：红辣椒、青辣椒、荆条子、朝天椒、小米椒、野山椒……统统泡进这一坛。这些泡椒一般是作为炒菜时的作料，不直接食用。但每年辣椒入坛都是一件顶庄重的事，要是谁家的泡椒泡坏了，那家女主人肯定得自责好一阵子，并且在婆婆媳妇们聚会聊天的时候一定会像祥林嫂一般絮叨不已。

另一坛专门泡酸菜。就是煮酸菜鱼的那种。选大棵的青菜或芥菜晾晒几天，去掉水分，一层一层地码上盐腌进坛里，腌满满一大坛，足够一家人吃上一年半载。有时作为配料，比如酸菜鱼、酸菜粉丝、酸菜炖猪肉；有时做主菜，市面上青菜荒芜的时候，就捞一把酸菜，切碎了用猪油炒，非常下饭。泡得好的酸菜时间再长也不失其脆嫩，且颜色呈半透明的淡黄色，这非常考验主妇们的手艺，常常有人家里要泡酸菜的时候会来我们家要一两碗酸水，或者直接叫上我妈上门帮忙。

第三个坛子泡的东西就多了。刚出芽的子姜、晾得微干的白萝卜皮、粗壮的芹菜杆、灯笼甜椒、莴笋杆、洋葱、豇豆、蒜头、笋片、包菜、胡萝卜……一切皆可泡。

大概因为坛里加了花椒粒、八角等作料，揭开就特别香；又放了冰糖或小节甘蔗，泡出来就有一丝儿甜味，里面的东西一般泡上两三天就可食用，像烫火锅一般，在酸水里打个滚，味道就不一样了，既保持了本身的清香脆嫩，又入了盐味酸水味儿，尤其泡胡萝卜，小拇指粗细的本地胡萝卜整棵丢进去，捞起来嘎嘣脆，又甜又酸，直可当零食吃；又比如豇豆，要选未结籽的笔直匀称的泡进去，三五天捞出来切成小段，掺上点红油辣子、小勺白糖，咬在嘴里咔哧咔哧响，好吃极了。

我常常想起冬日暖阳下，母亲和一拨姨娘们一人手捧一碗地瓜粥坐在场院里大声说笑的日子，那满满的地瓜粥面儿上一定堆满了各种泡菜，咬一口泡菜，喝一口稀饭，七嘴八舌聒噪热闹。许多年过去，当一家一家的邻居都搬离农村之后，那些年轻或年老的婆婆媳妇们，她们还会怀念那些热闹温暖的情景吗？

知味三题

白煮蛋

出门前让儿子把鸡蛋给吃了，叫了半天，才很不情愿地把已经剥好很久的鸡蛋往嘴里放，咬了一口，又央求说不吃蛋黄。吃！不吃蛋黄哪有营养，脸色就放下来了。他只好苦着脸，把蛋黄往嘴里塞，还没往肚子里吞呢，一个干呕全给吐出来了……

这可是土鸡蛋呀！心里大叫！"滚滚滚，不吃滚！"气得我。

不过想一想，我像他这么大的时候，也很怕吃白煮蛋呢。

大概是因为最小的妹妹刚刚出生，家里小孩子太多，母亲照顾不过来，五岁时候我就被送到高石镇的八娘家上学。奇怪，那时候入学似乎没有现在这么难，户口啊学籍啥的要求一大堆。八娘是父亲的姐姐，嫁到离我们几十里远的高石镇。他们一共多少兄弟姐妹我弄不清楚，为什么叫她八娘我也不知道，她排行并不是第八，年龄比父亲也大挺多的。只记得去他家的时候，几个表哥——八娘生了五个儿子，老二不在了——都差不多已经长大成人了。我去了就是家里的老么，加上她一辈子很想要一个女儿，却又没如愿，所以把我当亲生女儿一样疼爱。

　　每天早晨，都要煮一个鸡蛋给我带着吃。可是我并不爱吃鸡蛋，尤其是蛋白，咬在嘴里跟肥肉一样滑滑的，于是就背着她把蛋白剥了扔到路边，又怕被人看见，就扔到茅坑里。这样大逆不道的行为大概持续了一个星期，终于被她发现了。我还记得她当时的表情，也没有多说什么，只说：这鸡蛋你几个哥哥都没得吃哟！说完这句也不等我分辩，就转过身去忙这忙那了。我看到她的背影都满是失望的样子。那以后她照样每天煮一个鸡蛋给我，我呢，强忍着呕吐也得把它给吃下去。后来发现，蛋白蛋黄不能分着吃，混在一起吃味道蛮好的。

　　八娘的爱人我叫他刘姑爷。刘姑爷似乎从一开始就是一个老头，戴个眼镜，说话轻轻的很温柔，仿佛有点学问的老先生。印象中八娘都呼他全名，刘亮。这在农村很少见，"死人、死鬼、狗日的、砍脑壳的……"农村妇女一般都这样称呼他们的另一半。八娘每次提起刘姑爷却总一副满意知足的样子。我记得他们家种番茄，一到逢场天就让刘姑爷背一篓到场上去卖。他家的番茄个头不大，像粉紫色的鹅蛋一般，皮可以轻轻地揭掉，里面的果肉裹着一层细细的糖粉，甜得很。刘姑爷在场上卖番茄，我放学一出校门就找到他。先从篓子里摸一个番茄吃，然后再娇声娇气地说：姑爷，我的铅笔写完了。你拿一角钱给我买支新的嘛。他就从卖番茄的一叠毛票里小心地抽一张给我。转身我就跑到校门口的小卖部买支冰棍藏起来吃。

说起来我和他们一家并没有真正的血缘关系，八娘和父亲不是亲姐弟，好像是从别家过继来的。何以他们对我这个坏小孩这般宠爱，到现在我也闹不清。我在他们家大概待了一年多，此后的二三十年极少见面。我上学，工作，结婚生子，离家越来越远，父母一年都见不到几次，更别说八娘了。

去年春节，最小的妹妹在成都结婚。整个大家族的人都到齐了。八娘一家也来了。我在众多的宾客中来来去去，竟然没有认出她。直到小哥哥搀着她，叫道：燕子妹妹，你认不到了哇？我一下子被眼前这个小老太太吓着了。在心里想，这不是八娘吧。我记忆中的八娘不是这样子的呀。那么瘦，那么矮，整个背已经弯下去了，头发全白，穿一件明显不太合身的大袄子。如果不是搀着她的五哥，我大概是不敢相认的。八娘呀，好多年没见你了呀。她眼泪就下来了。记得以前她就是这么爱流眼泪。跟邻居站在路上聊天，也会抹眼泪的。父亲就是不喜欢她这性格，经常凶她，好事坏事你都要哭，哭啥子嘛哭。瞧，这回她又止不住了，说本来不想来的，怕给我们添麻烦，是想着能见上我一面，才央求儿子们带上她一起来的。她说她这之前还大病了一场，以为都来不了了……我本来应该好好地听她把这么多年的话讲完，可是婚礼上忙忙乱乱的，我竟在心里嫌她啰唆了。二十几年的分离，我对眼前的这个老太太真的有些生疏。我有些敷衍地拉着她干枯的手，把她牵到一间雅室里坐下，招呼老家的亲戚陪她一起坐着，又开始帮着新人去招呼别的客人了。

这一隔又是快一年。我竟有些恍惚，是否在这一年中听到过她已经去世的消息，或者只是在梦中。我曾经在无数个刹那间想起她，却始终没有拿起电话给她打过一次。你瞧，人与人之间的情感竟如此缥缈。内心的愧疚越积越多，就越不敢面对。只是每次从锅里捞起白煮鸡蛋轻轻磕破的时候，都会想起小时候她那个失望的背影。生命中总有一些被你辜负的人，他们悄无声息地就退出了你的生活，仿佛从来没有存在过，而你依然如故，生活并没有丝毫的影响，只是在某些瞬间，会一再想起，如同风中吹来似曾相识的气味，会让人怔怔地发上一会儿呆。

儿子还在装出痛苦的样子，仿佛面临多么巨大的人生难题。算了，不吃就不吃吧，或许你也像我一样，要长到一定的岁数了，才尝得出这些水煮蛋的味道。

羊肉泡馍遇上冷香兔

小表弟大学考到西安电子科大。是哪一年我已经记不清了，只记得他爸妈一起"打飞的"送他去学校，把床给他铺好了，又飞回四川。

从富庶的川东内江到黄土高原的陕西西安，他最不习惯的是吃。从前在家里，他一个宝贝儿子，要吃什么老妈都满足他。出去吃酒席，碰到他爱吃的东西，就笑着把碗挪到他面前紧着他吃。他很小的时候就定点吃西街子的红油抄手。蘸料一定要白芝麻炒香了调到红油里裹起来吃的那种。他每天问大人要几块钱，自己从家里走到店里，吃了再回来。又，六姨，即小表弟他老娘，做得一手好菜，山药跳水兔，糯米粉团包豇豆干、蒸猪儿粑粑、朝天椒渡鲫鱼，还有独门麻辣冷香兔（怎么可以吃兔兔？！）。

四川地区空气湿度大，喜欢吃兔子肉，温补。卖活鲜的菜市场兔笼子一层叠一层，几乎占据半壁江山。兔肉性温，肉质又嫩，一有什么事，家里来了客人，六姨就用半商量半诱惑的语气问来客：去剐个兔儿来吃吗？！一个血淋淋的"剐"字说出了中国人对于吃的热衷和野蛮。但习惯了吃兔的四川人并不觉得有啥子不妥。晓得六姨手艺好，就半将半就地语气：要得嘛。于是六姨就拎个小钱袋，慢悠悠地走到市场，指着哪只不走运的兔儿说，老板，剐这只。帮我砍成小块小块的，我一会儿来提。四川的菜市场老板大概是最懂服务的。他们会根据客人的要求，帮你剁成块，片，丁，条，丝等各种形状。等六姨逛一圈菜市场买点配菜，一只活蹦乱跳的兔兔就变成了一堆鲜红的肉丁装在塑料袋里了。

六姨就慢悠悠地提起回去。花椒颗颗选最麻的那种，干海椒剪成一小节一小节，姜蒜葱一大堆剁碎，豆瓣，红油烧热，把作料放下去炒香了，兔丁下锅，炒到几乎干掉的时候，再放盐味精料酒白糖等提味，炒到厨房都冒烟了，她一边捂着鼻子打着喷嚏招呼大家来吃。按理说冷香兔就是要等到冷了再吃，但是那香味实在太诱人，总是还没等到完全装盘，筷子就伸进碗里了。一碗冷香兔大概有大半都是海椒节和花椒粒，川菜是最注重调料和味道的，健康不健康那是其次，味道最重要。宁愿吃完嘴巴被辣得红肿满脸冒泡再去吃清热下火药也不舍那一口。

有这么一个老娘，小表弟在西安就过得很痛苦。"羊肉泡馍，就是几块面疙瘩泡进汤里，不然就是顿顿面条，吃面条能把我吃吐了……"一边抱怨西安饮食的匮乏，一边想念家里的厨房。他在西安几年最大的愿望就是毕业后能回老家工作。从大二开始他就一心考公务员，成都，内江，自贡，威远，哪里招考就报哪里，总之，一门心思，回家！为了参加考试，西安四川两头跑都不知道为祖国的运输事业贡献了多少银子。但小表弟执着，不抛弃不放弃，为了老家的麻辣鲜香，拼了。终于今年给他考上了老家某部门的公务员，普天同庆呵。我为他高兴的同时，也有点遗憾。世界那么大，你都不想去看看吗？20出头的年轻人啊！但看看身边的小朋友，哪个不是把考公务员当成就业首选。有时候不知道是该佩服还是该惋惜，90后的小朋友比当年的我们务实，目的明确。或许是这个社会严酷的就业形势早就浇灭了他们闯世界的念头，既然现实如此分明，还去折腾什么劲儿呢？少了这份无谓的纠结，也挺好！

只是回到老家工作还不到一个月，他忽然有点想念在西安吃的面疙瘩泡汤了，那天在朋友圈感慨地说，哪天要再回西安，吃一碗面疙瘩和油泼面……

草根番鸭汤

永泰山间有一种草，叫作"法理草"，不知道是不是这三个字。

反正他们是这么叫的。婆婆大概是最熟悉这种草的。因为家里一有什么事，她待客的唯一菜品就是用这草根炖番鸭，然后用鸭汤泡线面或者粉干。几十年如此，不变。

我第一次跟着老公到他的老家永泰，第一晚吃的就是这种有些中药气味的草根汤。颜色像茶水浑黄，鸭肉剁得也太大块，完全没有四川人做菜的精细。里面也不用什么作料，就是先把大块的鸭肉用茶油炒一炒，加上草根熬的汤一起煮，小火大概半个小时，鸭肉熟了，就完成了。

然后另用清水烧开把粉干捞到七成熟，再泡到鸭汤里，就算主食和菜都有了。这样就解决了一顿，这……对于一个四川人来说，完全无法想象的简陋啊。你能想象我对着这样一大碗没什么味道的鸭肉和粉干那种欲言又止，无语凝噎的心情吗？好吧。再来解释一下粉干是什么东西。他大概有一点像米线，粉白半透明圆形条索状，福建据说茶口粉干最为出名，但对于刚到福建不久的我来说，这也是一个陌生且没有什么好感的食物，直到现在我仍然不喜欢吃它。根本不吸味，无趣之极。有了这次寡淡的经历，以后去他们家我都自己买好菜带去，等婆婆煮完，我开小灶再煮一份。婆婆大概是对这种做法极为不屑的，好在她不会说普通话，我也听不懂她的福州话，所以呢，即使有什么微词我也当没听见，仍旧笑嘻嘻地叫她也来尝一尝我煮的菜。她总是不好意思地拒绝，"唔咧唔咧（不吃不吃）……"我偷笑。

　　她倒不完全是客气，这么多年了，她的口味仍然还是停留在鸭汤粉干的级别，即使姐姐姐姐夫外甥女几个都被我带得会吃辣吃麻，爱上水煮鱼、回锅肉了，她还是固守着一成不变的老番鸭炖草根。逢年过节依然少不得炖一大锅鸭肉，汤喝完了，鸭肉堆在那没有人吃。我就加点豆瓣酱再回锅红烧，咕嘟咕嘟冒出的热气里都有辣椒的香味，她却大叫着来把抽油烟机开到最大。我不管她的嘟哝，有时候听不懂互相的方言真是一件好事，避免了多少婆媳之间的矛盾啊，我都当她是在讲我的好话，笑一笑，她也无奈地笑笑。

　　前几天出去玩得太累，回到家实在不想动了，她已经煮好了鸭汤，硬叫我们吃。知道我不喜欢吃太硬的鸭肉，她专门留下一部分鸭肉炖得烂烂的，还加了墨鱼干，虫草花，逼着我吃。我拗不过她，应付着捞了一小碗粉干泡上鸭汤。哧溜一口吸到嘴里，没想到从来没有的美味。汤头鲜甜滚烫，加上粉干的米粉香，竟然又忍不住再舀了一口。没两下一碗粉干连汤吃得精光。大赞，"雅好咧！"她也笑。看来，对于食物的口味也不能冥顽不化，就像汪曾祺说苦瓜、折耳根、臭豆腐，再难吃的食物也要尝一尝，说不定就吃出它的好来。我也劝我婆婆，勇敢一点，尝一尝我炒的回锅肉，真的是很好吃。

散步闲记

一

　　散步饿了，走进一家面馆。老板本来正拿着手机看综艺节目。看我们进来，赶忙招呼，先生点了一碗面，老板就进厨房忙活去了。一会儿又进来一个客人。都快十点了，还有客人，奇怪。进来的是个女生，短头发，壮壮的，穿着外卖快递的黄色制服，上面写着某某送餐的标志，有点假小子的样子。老板一面煮面，一边招呼她，说很久没看到你啦。女生说，是啊，最近都在忙啊，好累呀……一边划着手机。一会儿又进来一个年轻的男人，衬衣，西装裤，电脑包，一看就是做业务的。站在过道认真看了一遍贴在玻璃门上的菜单，点了一碗最便宜的鸡蛋面，6块钱。他坐在凳子上等餐，背对着我们，手臂瘦得像个女生。这是十点多的夏夜，厨房里为了6块钱忙碌的老板，才下班等面吃的年轻人……门口人来人往，都还在忙碌的样子，人生真不容易。

二

小区门口的茶叶店关门了。前几天散步还没觉察，突然就看到卷帘门拉下来，门上用红色纸张歪歪扭扭写了"低价转让，有意者联系"。老公经常在他们家买茶叶，居然也没听说。问隔壁修车店的，茶叶店不做啦？老板说，是啊，去陕西了。特别惊愕，怎么突然就去陕西呢？两口子不是还报了名学车吗？再说小孩还没满一岁呢吧，带着去那么远多麻烦呐。最主要是，我们经常在他家买茶喝茶，也没听他老婆说起。唉，生意不好做啊，修车店感叹下，我们也感叹下。想起这对年轻夫妇，每次不管买不买茶，都热情地招呼我们进去，烧水泡茶，好几次抵不过女主人的热情，不喝茶的我也带个一斤半斤的。女主人应该年龄不大，听她聊天跟个孩子一样单纯。刚当妈妈不久，小孩子还在吃奶。茶叶店很小，大概几平米，但还隔出一小间住人。我们坐在外面喝茶，她和孩子在里面，把孩子哄睡着了，她也会出来聊天。年轻的妈妈长得并不好看，甚至还有点土气，但说话很真诚，跟谁都不设防，什么都愿意聊，说她老公最近去学车，说店里生意好不好，什么都聊，话很多却不讨厌。可惜说搬就搬了。陕西——那么遥远陌生的地方，他们会去做什么生意呢？但愿能赚到钱，但愿他们今后的日子可以安稳并富有，但愿这个社会给他们的报酬配得上他们的辛苦奔波。

三

巷下路口有小块空地。停了一辆面包车，后门打开着。里面是一车西瓜。车屁股后面已经摆了两筐李子。支了一个小儿，上面是切了一半的西瓜。

卖瓜的是一个中年女人，怀里还抱着个孩子，大概一岁多的女孩儿。旁边小板凳上还坐着一个小男孩儿，六七岁，正拿着妈妈的手机玩。

本来没打算买东西，看那两筐李子诱人，忍不住走过去问了一下，能不能用手机支付。妈妈想了想说可以，坐着的小孩子马上把手机递给了妈妈。称完，我打开手机微信，等着她操作收款。她一时有点搞不太清楚怎么弄。旁边小孩子立马拿过手机，这样、这样，三下两下，把款收了。我夸他真厉害。他脸转开了，不好意思，背影却很有成就感。我说你养两个孩子不容易啊，大的很会帮忙呢！妈妈也忍不住夸他，是啊，是啊，他很会做事情，在家里帮忙洗碗，擦地，带妹妹。抱着的妹妹好像听懂了，亮亮的眼睛看着我。真好！这一家人。忍不住，又把别人切剩下的半个瓜给买了。

路　上

木心美术馆

木心美术馆在水上。

江南总是多雨啊。

隔着一道弯曲回环的木栈道看雨中的木心美术馆，更像一座木制的吊脚楼伫立水中。

它当然不是木制的。然而却有了木头一般轻盈朴素的质感。

来乌镇的人，总是要进去逛一逛的，木心是乌镇的一道招牌。

但总不免有人进去逛了一圈出来，大呼无聊，直叫，这有什么好看的。艺术的东西是这样，信则灵。若我，倒是愿意在里面待上一天，看视频里穿得像居家老太太一般的木心和他的几个从事艺术的弟子闲聊，时不时地发出一阵哄笑声，陈丹青笑得最夸张也最投入。这让我一下子仿佛看到了春秋时期孔子与其弟子坐而论道的场景。至于他讲的什么，江浙口音太重，我似懂非懂，但这种形式和气氛让我很感动。这样教与学的方式于今算是奢侈了。

然而木心给我感觉还是活得太聪明，太透彻。

他看人看问题，太过一针见血，对于我们芸芸众生，生命的有趣不就在追寻和迷失的过程吗？一群人玩游戏，太聪明的人一下子把谜底揭晓了，其他人就不好玩了。

所以，相对木心的著述言论，我更愿意看他的画作。那些模糊的意识，那些不晓得是山峰还是河流，是虚幻还是具象的，既现代又古典的色彩线条蕴藏了更为丰富神秘的力量。

它吸引你久久凝视。

或许也是这个原因，相对于建造得别具匠心的阶梯一般的木心图书馆，我更喜欢馆后那个小园以及从小园延伸出去的一条弯弯曲曲的小路。园子里铺满了白色的碎石子，透过落地玻璃望出去，好像刚下了一场雪。雪地上仿佛还有几只正在啄食的鸟雀。我甚至能看见晚年木心，戴个绒线帽，正倚在玻璃窗前，看着这一切。

久久地看着，不着一语。

那条铺满雪花的小路，正蜿蜒着，伸向更为广阔不定的野外，它弯出的弧度是那么好看，像极了木心在他的某一幅画作中随手勾勒出的优美线条——又比那线条更丰富更凝重，经得起长久的打量与遥望。

西栅的夜

去时正下着细雨。

江南似乎永远是湿漉漉的。

一进西栅，道路两旁就布满了精心打理过的花草栅栏。这么多雨，花草简直过分的蓬勃。尤其一种紫色的絮状的花丛让人着迷。是薰衣草吗？它一路陪着我们前行，不断地出现在视野里又往后退去。有时以为前方该没有了吧，车行一段，它又出现，让人惊喜。

晚宿昭明书院，一面临街，一面临河，打开窗可以看见紧邻的风火墙。旧式的木架床上搭着蓝花布。柜子，梳妆台都是原木的，镜前还放了丰子恺的画集，画的也都是江南水乡的日常。小家小户的样子，真让人亲切。

到了夜晚，雨也没有停歇的意思。我们撑着伞，游走在西栅夜晚的巷弄中。青石板被雨水洗得光滑发亮，白墙上也还留有雨痕。小时候走夜路，大人总是提醒我们不要往亮光的地方踩，但似乎这警告总不管用，偏要照着发亮的地方一脚踩下去，鞋就湿了。在西栅没有这样的顾虑，反正到处都是湿的，也顾不得。眼里竟是来来往往熙攘的人群和沿街开到很晚的店铺。有卖酱鸭卤味的，玻璃柜台里陈列着油浸浸的鸭腿，有卖羊肉面的，锅里正冒着热气，那张扬的羊膻味比挂在门口的招牌更招惹来去的食客。也有安静的仿佛旧时供销社一般的店铺，里面挂的全是当地染的蓝花布制品，蓝花伞，蓝花布袋以及蓝花布裁制的旗袍裙子。晾满蓝色布帆的染坊也成为乌镇必去的一景。染坊一隅专门陈列着染布的各道工序供游人参观，染料竟是我们感冒时常用到的板蓝根。

我们既看这些有趣的店铺，也看一街游走的旅人。大概因为都怀着一颗悠游的心态，倒不觉得拥挤嘈杂，反而觉得这些人都比白日里漂亮了许多。穿碎花长裙的女孩子冒着雨也要在乌篷船驶过身旁的时候抢拍一张合照。小小的石桥上举着自拍杆的游客一个个排队拍过去。一个穿得大红大绿的丰腴女人发现了一处绝佳的摄影位置，大叫着同行的人群，快过来，快过来……

如果此时从空中俯瞰，那就是一幅活动的清明上河图。河中船来船往，两岸阡陌的小巷中人潮涌动。夜晚的灯光照着，一切都变了个样子，如同加了滤镜，河水泛着温暖的光，树也泛着光，桥也泛着光。

随着人潮不分东南地游了一通，在一个手绘明信片的店铺里坐下来，想着远方的朋友们，不由自主地挑了几张绘着乌镇名胜的明信片，写下两句矫情的祝福寄回了福州，又迷迷糊糊地游回了住所。

揉着酸痛的脚掌躺在老式木床上，听窗外雨滴不停地敲打墙角的藤萝叶片，什么时候睡着了也不知道。这一晚，好像都是在半梦半醒之间。就像当初设计者之一的陈向宏说，整个乌镇就是造一个梦。

梧桐与龙井

如果你去了杭州，如果你到了西湖，如果你曾绕着白堤缓步，你一定会惊艳于街道两旁的梧桐。

从西泠印社往岳王庙一带，沿街两边的粗大的梧桐树，从两旁伸出枝丫，把街面阴成了一道绿廊。每一片叶子都是一只翩飞的小鸟，紧密地凑在一起，像在低语。这些梧桐一定有些年头了，树干粗大，树皮斑驳。但梧桐似乎就该是年老的样子吧？我想象不出一棵弱小的娇弱的梧桐长什么样。

梧桐一棵一棵地布满街道两旁，把这个车水马龙的大都市变成了温柔可亲的家园。这样的街市适合散步，慢慢走。时不时飘下来的一片叶子，是城市亲切的问候。

不能想象这个城市没有了树，尤其没有了梧桐会是什么样。

顺着灵隐寺的方向，汽车一直往前开，离市中心越远，树木越发浓密。一度，两岸的树木让车道变得狭窄，只能通过一辆车的位置，那些被雨水浸润的枝叶就扫过车窗。视线前方似乎要被夹道的树木给封住了，泛着迷迷蒙蒙的烟雨。但当车行到跟前，树木又客气地往后退，让出些位置让车通过。而这还不够，我居然透过车窗看到一垄一垄低矮的茶树。靠近些，茶树丛中竖着些招牌，上面写着"龙井"——这便是出产西湖龙井的茶场了？！唉，你只能感叹，上天对这座城市太过宠爱。

及至灵隐寺再往后，车便完全驶离了市区，两边就全是高低起伏的茶山了。没有到过茶山的我曾经对采茶现场有一千种想象。没想到却在这不经意的途中偶遇。于是前方要去的目的地倒显得一点都不重要，恨不能就在这漫山的茶丛中绕上一天——又幻想着自己变成一只风筝从车窗飞出，于这漫山纵横的茶园当中恣意遨游——当然，这都是奢望。

于是，从离开那一刻起，便想着，总有一天，要再回去这条路上好好走上一走。

在佛光山

　　旅行的最后一天，一种离别的情愫在我们内心漫延。如果说旅行是一次脱离现实轨道的轻舞飞扬，那么时间一到，我们又要被狠狠地摁回传送带，继续亦步亦趋的生活，但是想着马上可以和亲爱的家人见面，又由衷地踏实和温暖，看来生活总是在别处。陪伴我们这么多天的导游家就住在高雄，三过家门而不入，估计这会儿比我们还急切地想要奔回家中。于是这最后一天去佛光山的游览就有点意兴阑珊，尤其对于佛教实在没有入门的我来说，要参观佛寺其实是不得要领。

佛光山此前并没有听过，但星云法师却如雷贯耳。估计有华人的地方都听过他的大名吧。很多年前一个从台商来大陆，推销商品就以"被星云法师加持过"做噱头。星云法师大概也算真正入世的修行者，以一己之力把宗教带到最普遍普通的民众生活当中。尽管有人说他是政治和尚，但无论如何，他所宣扬的向善的力量对于法律以外的茫茫世界都是一束亮光。而对于在孤悬大海的台湾岛，宗教和信仰的力量也有如航标灯一般不可或缺。

台湾导演杨德昌的电影《一一》里面，男主角的太太有一阵遇到工作和生活的瓶颈，感觉人生难以为继，朋友就劝她到山上去住一段时间。当困难来临时，我们无能为力，或许让它搁置起来交给时间去解决也不失为一种好办法。或许真的得益于那一段时间自我的逃离与不在场的缓冲，好多问题都自然而然地成为了过去。这或许就是佛家提倡的放下。

还有一个细节，当寺里的师父送两个人回到家中，一旁的朋友示意男主人公应该向佛表达感谢，他自己虽不信佛，仍然慷慨解囊表达了诚意。电影中这一节大概反映了宗教与一般台湾人生活的关系——不管入不入佛门，困惑迷茫的时候总希望借宗教给予暂时的庇护和疏导，同时，如果有能力，也会理所当然地布施结缘。所以，在台北的街头看到的人、听到的声音大多悠然平和，绝少气急败坏之相。大概是得益于宗教这一方心灵的后花园，才能闲庭信步。没有宗教信仰的人有时候真是很孤单可怜。每一天每一步仿佛都已经在墙角、边缘，如困兽之斗，进退失据。但我又固执地认为信仰需要长期慢慢建立，而非一天一夜一秒钟就可跟随，那对我来说太盲目，也太功利。所以我由衷地尊敬也羡慕那些有信仰的人，羡慕他们的世界，并愿意偶尔走进他们的世界一窥究竟。

游佛光山，不管是否是佛教徒，内心大概都会被这里漫延的佛光照亮。当我在迷宫一般雄伟庄严的浮屠中穿行，在精美堂皇的佛殿中徘徊无门时，竟懵里懵懂地跟随着游客进入到盛放舍利的玉佛殿，聆听师父弘扬佛法。

我们按照僧人的指引在门口排队等候，脱去鞋袜，关闭手机铃声。鱼贯而入的信众虽多，整个过程却没有一丝声响，也没有一丝忙乱与拥挤。进入佛殿时我们依次在蒲团上坐下，因为身着裙装，盘腿不便，正尴尬之际，便有细心的僧侣递上一条毛巾，盖在腿上。大概是身处这样寂静庄严的场景当中，内心也沉静虚空。片刻的安静等待，满和法师谦谦行至大殿正中，为大家讲法。大师用并不洪亮的声音，并不标准的国语讲述佛陀的一生，讲他如何舍生取义追求佛法，讲他如何从一个太子化身平民去尝人间的苦，讲他如何为心中的理想之境献出一切。然后在大师的引领下，众人跟着他颂念经文，呼唤寻找内心的佛陀。我不知道是被大师的诚敬感染还是被佛陀的忘我精神感动，又或许是从来没有真正沉浸下来，倾听过自己内心的声音，总之那一刻被一种情绪击中，一边诵经一边泪流不止。座旁一位身着藏袍的僧人也是满脸的虔敬，不断地合十跪拜。

听完佛法走出来时，外面阳光亮得刺眼，真有"山中一日世上千年"的隔世感。回到旅行的大巴上，听大家各自讲述在佛光山的所见，才又仿佛回到现实世界。我暗自庆幸在旅行的最后一天竟然还有这么一段灵魂出窍般的奇遇，时时想起来都足以为日后沉闷庸常的生活擦亮星点火光。

这大概就是旅行的意义，也是我们写诗画画歌唱舞蹈的意义，一如远古时候面朝黄土的躬耕老农听到一两声鹤鸣而忍不住停下手中劳作，抬头望向天空时的一脸醉相。

外乡人在福州

福州仓山，自清末以来就是教化重地。尤其五口通商之后，这里成为与外部世界交流的前沿，教堂学校林立，文人聚集。随工作调动辗转至此，终所得见。随处可见的古榕林荫，斑驳安静的私家庐舍，确是一个逃离现代化都市喧嚣的僻静之地。然而最触动我的却是单位楼下几米远的那一家快餐店。

店面不像普通的门面房，倒是像旧时的防空洞改造而成，比普通的餐厅多了几分空阔，几排桌椅像课桌一般排列，简单，甚至简陋，以至第一次去吃饭的时候不免有点儿担心卫生问题。

店里主要经营快餐，美其名曰：美味套餐，所谓套餐者，用一个多格子的餐盘盛装米饭及少量的荤素菜，再送一碗刷锅水加盐味的例汤。而这里的套餐索性也不用餐盘盛装，而是直接用一硕大的海碗（或称汤盆？）装饭，一荤两素直接盖在饭上面，很像自己家里吃饭时候的囫囵样子。虽然看起来不像餐盘盛装那般泾渭分明，但饭菜的量之多，却是少见。大概这里离市区较远，房租菜价都比较便宜，店主才如此大方、厚道，可是六元钱这么一大盆，实在让我担心成本问题。多年前看过一篇美食作家古清生所写的《髡菜干饭》，讲的大概是山东某地的快餐也是如此豪迈，不计成本。难道这店家也是山东人？

后来听店老板两夫妇讲话，才知道是四川人，我的老乡。更多了几分亲切。尤其可爱的是店主的两个儿子。一大一小，大的五岁，小的可能只有两岁多。两个人平时没事的时候躺在楼梯间里玩，用布帘子遮起来。所以，刚开始去吃饭时，隐约听到有小孩儿打闹的声音却不见人，着实迷惑。后来店主忙不过来之时，才见大儿子掀开布帘跑出来帮忙，收拾碗筷，擦桌子，递青菜递汤什么的，任红扑扑的小脸上淌出汗来也无暇顾及，一副认真勤劳的样子；老爸出去送餐的时候，他也会一手提一摞打包饭盒，坐在爸爸的电动车后面，不管天气炎热与否，从来没听他抱怨或耍赖推托；两岁的小儿子没有人陪了，就自己找一张没有人的餐桌坐下，乖乖地仰头看电视，那神情，实在乖巧懂事得很。因为自己也是一个三岁孩子的妈妈，自然更是喜爱这两个懂事的娃娃，只要看到他们在店里，就觉得亲切，温暖。虽然没有主动去跟老板攀谈认老乡，但是每次在老板娘忙不过来的时候，就自己把桌子擦了，或自己走到厨房点餐，吃完再帮忙把餐具拿进去。老板娘是典型的四川女人，精瘦，麻利，从未见她歇下，脸上却始终挂着笑。

来这里吃饭的大都是像我一样的异乡人，大部分是四川的民工，他们一来，店里就会顿时热闹喧天，听他们用我的家乡话打趣，调侃，甚至会夹杂着粗俗的俚语和有色的笑话，但同乡之间的亲热和情谊却满溢出来。他们多是帮着一些工地做一些拆拆补补的工作，靠下苦力挣钱，中午一顿饭在他们来说也算不小的支出。如果是在城区，价钱不只六元不说，量也会少很多，而在这里，他们就像回到家一样，六元钱就能吃到饱；这样的价格也不算沉重的负担，所以他们辛苦收工之后走进来也带着少有的轻松与豪迈。甚或有人心情大好，还会大声叫老板娘送上一瓶冰镇的啤酒，美美地喝上一顿。

另一个群体则是师大读书的学子们。他们都是从全国各地考进师大，其中也不乏来自农村的贫寒之家，家中父母亦大有可能正在异地当农民工，为自己四年上学所需的学费、生活费打拼。不能像其他阔家子弟一般带着女友上星级餐厅，偶尔来这平民化的快餐店改善一下伙食也是不错的选择。而正值年轻体壮的他们，也需要这样一家价廉量足的快餐店调剂一下食堂大锅菜的单调。

还有一些则是毕业了在这城里打工的年轻人，他们大多是业务员，或是卖保险，或是做房产经济，都是收入微薄却辛苦异常的差事，当然不舍得花太多的钱在吃穿上面。他们仍然把房子租在仓山，为的就是这边物价相对低一些，开销可以少一些。他们多是单身，一天辛苦奔波之后已没多少心力再去买菜做饭，有这样一家快餐店解了不少后顾之忧。吃完饭不需要刷锅洗碗，整理灶台，也多出几分闲暇和属于自己的时光。

　　这些都是生活在最底层的人，一起坐在同一台转动的风扇下埋头吃饭，虽不曾交谈认识，却互相之间惺惺相惜。没有刻意问他们都来自哪里，令人心生亲切感动的，并非一定要是老乡或近邻，既然大家都是同样的境遇，同样地为生活背井离乡，为理想奋力挣扎，就会相互了解和同情。在这个异乡的世界，他们，不管是店主一家还是来这儿的主顾，当然也包括我，就是一朵朵坚强的蒲公英，借着风飘落至此、借着雨滋润生根，蓬蓬勃勃，生生不息。泥泞中哭泣，阳光中微笑，自有平凡人的悲喜，也自有平凡人的坚持。

小　别　离

总有些稻穗来不及收割

一

严姐嫁到我们村的时候才十六岁，很漂亮的一个小媳妇儿。

她性格开朗，跟谁都自来熟，哪里都可以见她大声嚷着玩笑、打闹，一副没心没肺的傻大姐样让她一来就成了女人堆里的焦点。

和村里所有闲在家的婆姨们一样，她也爱打麻将，可她输了也不恼，笑着骂两句"老娘今天'狗火'不旺，改天老娘再捞回来——""狗火"就是牌运的意思吧，至今也没弄明白这二者之间有何联系。赢了钱转手就在小卖部买一大堆瓜子、花生请大家吃。

她身上有股邪气，经常会干一些顺手牵羊的事情。

每年农历二月初一是我们老家"偷青"的节气，在这天夜里去别家菜地摘一两片青叶子，可以除去一年的病忧，被偷的人家不能追究，相反，而应该感到幸运。

她就趁着这天和几个媳妇儿背着背篓跑到人家菜地里去偷菜，偷回来满背篓的青菜、萝卜——事实上在农村这也值不了几个钱，但就是觉得很好玩儿，半夜里几个人偷偷摸摸，忍住笑偷回来，还张扬谁的收获最丰。而这种时候往往是她最得意：青青的豌豆尖儿人家只是采最嫩的一点芽，而她则是毫不留情地连藤一起薅了往背篓里塞，当然是最狠最多啦。第二天她会偷偷把摘好的豌豆尖儿送一大篮到我们家，少不得又挨妈妈一顿骂，但她只是说笑着，叫我妈有得吃就吃，别太认真。

二

不仅邪气，她的泼也是出了名的。因为要强的性格，她经常跟老公吵架打架，一打起来，全村人都扶老携幼地跑出来围观，跟看戏一样。后来村干部来调解，话说偏了，她连村干部一起骂，直到现在，提到小严，还是说，就是那个敢骂村长的恶婆娘。

但她显然不惧这些，因为，喜欢她的人照样喜欢，不喜欢她的人她也不在乎。

跟老公吵完架没地方去，她就经常跑到我家。妈妈那时候也像村里的妇女主任一样，很多年轻的媳妇儿家里闹矛盾了就爱来找她哭诉，而妈妈也会耐心地安抚。严姐也是因此喜欢来家里串门。一来而往，跟我也要好起来。算起来，她也大不了我几岁，加上性格相投，自然跟她熟络起来，叫她严姐，她也把我当妹妹一般看待。

那时候农村还没有卫星电视，夏日的晚上漫长而无聊，我们在一起商量着搞点什么带劲儿的节目，我说很想去看电影，她就真的骑上二八自行车带我直奔县城。记得那晚看的是《红粉》，王姬和王志文主演的一部很文艺的片子，可她居然像看喜剧一般从头笑到尾，笑得邻座一对情人盯着她看。我也不好意思起来，想告诉她，这电影讲的可是一场凄婉的爱情，可是又想想，凭什么你说是爱情就是爱情呢？凭什么爱情就不能笑呢？有多少貌似凄婉的爱情到头来不过一场荒唐的闹剧。

那些夏日的夜晚，跟着她到处跑经常被老爸骂。像她这样疯疯癫癫的女人在农村，尤其是老辈人眼里是很不相容的。一些上了年纪的老女人看她走过，总会在后面翻起白眼、撇下嘴巴。可是她无所谓，"反正老娘又不是活给你们看的。"说完她也一撇嘴，大笑着走过。

我仍记得她穿那件翠绿的连身裙走过人群时，掠起的那一片惊艳的目光。

她瓜子脸，鼻梁上几粒雀斑，反而衬出她皮肤的白嫩，眼睛不大，但笑起来弯弯的，很勾人，像早期的港星关咏荷，但比她野一点儿。我常常想起她搬个板凳坐在小院里，举着小圆镜修眉毛的样子，一根一根地拔去多余的眉毛，修得双眉又细又长，再仔细地涂上鲜红的唇膏，虽然看起来又土气又艳俗，却又有种毫不收敛的不知死活的美。

那个时候她多年轻啊！

三

可她毕竟受不了和老公常年吵闹的日子，一气之下跟着打工的队伍去了广东，一去就是十几年。其间曾有传闻说她被老板包养，也有人说她当了小姐，但我从不相信。越是外表张扬的女人，内心往往对传统和世俗有更多的顾忌。在我高中毕业后的一段时间里，一度想外出打工，曾经一个人跑去广东找过她，亲眼看到她的生活，她只是进了一家家具厂，凭着自己的勤快和泼辣当了一名车间组长。当然身边也不乏男人追求，但都被她拒绝。反而是一个年纪偏大的老实的贵州男人在她身边照顾了好几年，可惜最终没能给她一个安稳的家——在外漂泊的打工者就是一片片散落荒野的飘萍，挤在一起互相取暖，仅此而已。

在那边过完暑假，我还是老老实实回到学校。跟她偶尔电话联系。隔一年半载，她会打电话来聊一聊他跟那个贵州男人之间时断时续的感情，她开始怨天尤人，也开始诅咒命运，一到这种时候，我都不得不嗯嗯啊啊地敷衍，然后借口有事，匆匆挂掉电话。

四

最近一次见她是今年春节的时候，我回老家探亲，而她也刚好从广东回来，听说是为了买房的事情。

算起来她已经四十好几，的确苍老了好多，已经不太注重自己的外貌了——唯一为她高兴的，是漂泊这么多年，到底有了一套房子，一个真正属于自己的家，哪怕这个家只有一个人。

刚好在她家闲聊的时候，听她接了一个电话，是一家婚介公司给他介绍的一个男人，要她去看看，似乎对方条件还不错。她表面上不愿理会母亲的担忧和催促，但看得出来，心里还是有些着急和期待的。她佯装不情愿地答应去看看。我赶紧拿出化妆盒，帮她淡淡地打理一番。她对着镜子看看，有点兴奋转而又有点心酸，叹一声："老了！"

似乎是为了给自己一些勇气，她要我们一同去，帮她过过眼。

在公园角落的一条长椅上，坐着两个男人。一个是婚介的，另一个嘴里叼着烟，衬衣松松垮垮的，一角扎进皮带，一角翻出来耷拉着，胡碴满脸，满口黄牙，正拿睥睨的眼光打量我们。我耐着性子和严姐坐到一边，看两个男人像挑选商品一般看我们一眼，又交头接耳一番，从头至尾没有和我们打一声招呼，过了一会儿竟站起来扬长而去。

什么鸟男人！我在心里骂道。可是看看严姐，她没有说话，只是低着头等待那婚介所的男人告诉她此行的命运。听说那个男人自己开了个茶馆，我想她是有点儿动心。她问我，我不知道该给她怎样的意见，是勉强找个人过日子还是继续一个人漂泊。

她最终还是没有留在老家，在我离开后的第二天，她又踏上了开往广东的列车。她来电话说她现在升为课长了，上月天天加班，工资拿了六千多。然后说在厂里认识了一个四川老乡，对她挺好……我听着听着，又想起她坐在流水线上，一边干活一边跟着手机里的音乐唱歌的样子，那些歌声啊，听起来又美丽又忧伤。

佳佳的米店

　　5月20号这天，小妹和男友去民政局排了六个多小时的队，把证给领了，晚上来电话，轻描淡写，倒是男友在一旁兴奋得不行，说前一天晚上觉都没睡。

　　这是我最小的妹妹，尽管此前一直盼着她早点找到合适的人嫁了，但真正听到这个消息还是五味杂陈。我最疼爱的小妹就这样变成别人家的人了？我真是舍不得。

　　我们家姐妹仨，二妹打小像个男娃，没事儿把收音机拆着玩儿的那种，长大结婚当了妈妈，大家开玩笑管她叫"大哥"，她也欣然应之；小妹则是纯粹的小女生，工作之余最大的娱乐恐怕就是逛街买衣服，扮靓自己，但常常是只逛不买，过干瘾，比起她那些月光族的小伙伴可高明多了——毕竟上班也蛮辛苦的。

成都的冬天冷风浸骨，她上班离家远，早上七点天还没亮就得挣扎着从被窝里起来，迷迷糊糊地吃点东西，把自己从头到脚裹得跟粽子似的骑电动车去上班，到了夏天仍然裹得跟粽子似的，怕太阳把脸给晒黑了。曾经也想过做生意练摊儿，我说你干脆开服装店吧，反正你自己也爱臭美，但她仔细考量后还是没开，在这点上她倒还理性，兴趣和工作还是分开的好。后来跟二妹两个在楼下捣鼓早餐车，跑到批发市场买了几大包银耳、杂粮，半夜起来熬银耳汤、小米粥，搭配白煮蛋、小菜，整得跟营养餐一样，可惜上班族们的早餐是顾不上营养的，他们宁愿抓着锅魁煎饼边吃边跑，少有人愿意坐下来慢慢喝粥。坚持了大概一个月，没赚到钱不说，还被城管赶过几次。她气愤地给我发短信说这些的时候我是又心疼又愧疚，只能跟她一起骂城管。她倒一会儿就没事儿了，问我要不要把没卖完的银耳寄些过来熬汤，"美容养颜哟！"

我比她大六岁，小时候还能罩着她一点儿。大概我上初中的时候她进小学，有天中午回家吃饭时发现她手背上有两条红红的印痕，问她，她不敢讲，一再逼问才说是被老师打的。我憋了一股怒气，等她慢慢吃完饭，我课也不上了，跟她一起去学校找老师。那时候老师们都在一间办公室，有的是曾经教过我的，她们大概也没想到一直听话乖巧的我哪来那么大的泼劲儿，把打人的老师数落得哑口无言，直到校长出来说软话，承认打人不对。从那以后她的班主任再也不敢打她，当然，估计打那以后也不会有好脸色对她。

后来她上高中，我已经离开家到外地打工，那段日子自己也过得不好，很少跟家里联系，偶尔回去看到她也是沉默的，不开心。她不是那种很会学习的学生，我知道那段时间她压力很大，但无能为力。后来她没有考上大学。来福州的时候，我曾经托朋友给她介绍在长乐机场航站楼上班，有次去看她，远远的，她那么小，穿着不合年龄的套装制服站在熙熙攘攘的候机厅里，身边都是拖着行李往家赶的旅人，真不知道她暗地里有没有想家哭鼻子。但朋友说起她，都夸她聪明机灵，很懂得待人处世。

因为机场离市区远，她只能趁周末休息的时候搭顺风车来看我，我们就一起买菜做饭，吃一顿好的。我知道食堂菜不合她胃口，就买来金针菇、大头菜、瘦肉末、豆干，切成丁和着辣酱一起炒，然后装到罐子里给她带着，美其名曰"下饭菜"，炒一罐大概也能凑合着吃好几天。那个时候我们都没钱，但仍然改不了爱臭美的毛病，常常去学生街或夜市淘便宜好看的衣服，回来对着镜子一件一件地试穿，互相夸赞，满足得不得了。她比我高一点，胖瘦差不多，我俩的衣服就可以换着穿，一件抵两件。

再后来她回到成都与二妹住在一起，找到更好的工作，也遇到了疼爱她的人，我很为她开心，她从小是家里最被疼爱的幺女儿，理应有人好好疼爱照顾她。

　　对于即将到来的婚姻，她既有过小女生的幻想和期望，又心怀恐惧，犹豫茫然。我没有办法为她找到一个最正确的答案，正像我自己也是糊里糊涂坠入婚姻一样。有些事情只有试过才知道吧。

　　电影《牯岭街》里有个场景让我记忆深刻。片中小四儿的爸妈有天晚上吵架，爸爸赌气跑了出来，站在院子里不知该往哪里去。这时妈妈也出来，寻见爸爸，紧紧抱住他说：这个社会已经如此冷酷了，你不能再丢下我。大概是这样的。我想这也道出了一部分婚姻的意义，就是相互陪伴共同取暖，不然人生真的是荒凉孤单。

　　其实生活本身是平淡庸常的，幻想或期待终究会破灭，但情感是真实的。今后她将学着和相爱的人在柴米油盐里相见，两人都孩子一般的性格，一起磨合成长的过程一定会经历许多的磕磕绊绊，但我相信他们总会找到一种让彼此温暖的相处方式。

　　我常常想起我的小姨结婚的时候，姨父家的迎亲队伍来了，敲锣打鼓地要把小姨接走，新娘子开始还高高兴兴，真要走的那一刻却抱着外婆大哭不撒手。我那时候很小，很难理解，这一天不是新娘子最开心幸福的日子吗？为什么小姨哭得如此伤心呢？大人说这是哭嫁，习俗如此。后来长大了慢慢懂得，这或许不光是一种习俗，更多的是情之所至——这女孩从今往后就要告别自己熟悉的家，离开疼爱她的家人，去和新的家人组合过日子了，这实在是件让人恐惧的事，所以，男人应该要尽全力好好保护她、疼惜她，给她至亲至好的爱，在她闭上眼睛往下跳时做她背后张开的降落伞，让她在落地的那一刻踏实安稳，不后悔这一生最冒险、最重要的决定。

外婆来的这些日子

有一天，外婆和妈妈坐在公园的长椅上，一个中年女人专门走过来，对着外婆说：这位奶奶的气质好好啊！外婆听了，很不好意思地笑起来。

从小到大，跟外婆一起相处的时间并不多，小时候放暑假会去她家玩个十来天，但似乎脑子里更多的是关于外公的记忆。相比起少言的外婆，外公是个更有趣的人。他会给小孩子讲故事，褙风筝，带着我们到堰塘钓鱼，钓龙虾，还会在燠热的夏夜和我们一起爬到高高的山顶乘凉……而外婆留在我的记忆中的多是背着一个背篼去赶集的背影。只要家里一有客人，她就背上背篼去市集买菜。从外婆家到市集大约有七八里路，以前全靠步行，她一阵风似的，不一会儿就背着满满一背篓好吃的回来，除了鱼肉蔬菜还有小孩子爱吃的花卷小笼包。每次看见她回来了，我们就忙不迭地去翻她的背篓。她说外公也跟小孩儿似的，每次她去买菜，外公就坐在门前石凳上，望着她回来。一回来，也会去翻翻她的背篓，看看她今天买了什么……可惜，她说起这些的时候，外公已经离开我们一年多了。

前段时间，她说想来我生活的城市看看，虽然担心她八十几岁的高龄，长途旅行身体是否吃得消，但既然她老人家想出来走走，我们尽量满足她。

出发前四姨带着她做了健康检查，确定没什么问题，可以乘飞机。然后五姨一路陪她过来。

记得那天是早上十点半的飞机到长乐机场。还不到七点，妈妈就早早起来，催我去接机。

坐在机场麦当劳的餐厅里，吃完了一顿漫长的早餐，喝了两杯咖啡，刷了半天手机，航班才到。我想象着，多年不见的外婆看到我会是什么样的表情。

在出口处张望了半天，人群一拨一拨地走出来，在人潮的最后，我一眼望见外婆满头的银发，在身边的五姨映衬之下，她那么瘦小，一点点。牵她的手臂，一小把，感觉握着一个小孩子的手。以前没觉得这么瘦啊。她任由我们牵领着，坐上大巴。一路上她坐得直直的，沉默地望向窗外，认真地看路过的楼群与绿化带。不知道她对这个陌生的城市有什么感觉。

到家时妈妈已经在楼上张望。门一打开，外婆就叫："三姐，你看我好爱走哦。"她都是这么称呼已经长大的女儿们——四姨称四妹，五姨称五妹。六姨最小，她叫六妹。只有叫外公，她会叫老头儿。

妈妈为她的到来，准备了很多菜，但她每一餐都吃得非常少，几乎不怎么吃肉，只吃几口青菜。装一碗米饭，有时会拨出一半给妈妈。她牙不怎么好，只能吃软烂的东西。爱吃卤水豆腐，但城市里没有石磨也没有煮豆腐的大锅，我实在没有办法，只能到市场买盒装的豆腐煮给她吃，她吃一点点。大部分时间她都是安静地坐在椅子上，看电视，背挺得直直的。

她不太会用遥控，只能是我们调到什么频道，她就看什么节目。她耳朵不好，我把声音调高，也不确定她是否听得到。问她，她都说："可以了可以了。"

看她在椅子上坐久了，怕她冷，我翻出棉衣要她搭在身上，她说不用、不冷。摸摸她的手，并不会太暖和，一定要她披上，她连忙说：哎呀，太麻烦你了。我有点生气，怪她：这有什么好麻烦的。

　　我想我们大概是太久没有在一起了，她总是过分客气，甚至有点生分。有时我们下班一进门，她连忙把拖鞋拿过来。吓得我赶紧阻止她，外婆，您别这样，我们哪受得起。而家里人坐一桌吃饭，她先吃完总会跟每一个人说，我吃饱了，你请慢用。要拿什么东西，她也一定双手奉上。我有时候很惧怕这种客套，相处了两三个月，她仍然是这样客客气气以礼相待，我也只好由着她了。

　　每天晚上，她看完新闻联播就要睡了。睡觉之前，我给她放满满一盆热水洗脸，她嫌太多，倒出来一半，说等下洗脚。等到洗脚的时候，我怕水凉了，再加点热水，她很过意不去似的，连声说谢谢。她进房间去睡，也不开灯。我赶忙跟在后面把灯打开。她连说，不用不用。怎么能不开灯呢？万一碰到摔到你老人家怎么办？看我急了，她很抱歉地笑笑，好像做错了什么似的。我只能默默地跟在身后，小心照看。

　　她白天几乎不睡午觉，起初我以为是不像在自己老家方便。但她说，她从来不睡，白天睡了，晚上就睡不着。老人睡不着是很难受的。我记得他和外公以前来我们家，半夜三点多外公就醒了。外公有哮喘病，躺着咳得更厉害，于是两个人坐起来，靠在床头聊天。外公 60 岁过后身上很多病，在之后长达 20 多年的时光里，外婆一直陪着他，更多的是担负着看护的工作。她以前有时候会抱怨，老头儿，我伺候你伺候够了。可当外公真正去了，她得到的却并不全是解脱。

外公和她一共生养了六个子女。除了老二在最困难的时候夭折，其余几个都长大成人。在困难时期孩子多的家庭总是少吃，挨饿是一定的。妈妈他们长大了，一家人聚在一起总会聊到那些最艰难的年月。听他们说，外公在公社上班，每天把单位的伙食用瓷盅带回来给年幼的五姨六姨吃，自己半夜里饿到受不了，起来啃生地瓜。而家里仅有的一点点米，煮的时候在锅中间放一个茶缸，水开了，米就会跳到茶缸里，这稠点儿的稀饭也是省给最小的吃，其他人也就喝点米汤……

现在子女们长大了，也都有了自己的家庭。生活慢慢好起来，但在一起的时间也少了。尽管大家都会挤出时间回去陪她，但由于外公的离去而缺掉的那一块，却是儿女们无法填补的。

外婆喜欢一个人坐在阳台上，有时候可以一坐几个小时。待得久了，她开始找些话题和我们聊。她爱讲老家的事，讲那些我几乎想不起来的远房亲戚。她对很多年前的事情都记得非常清楚，以至于当时的细节都还能一一描绘。但有时候她会忘记是否跟我们讲过，同样的一个人一件事她会再讲一遍，每次重复的时候，表情和用词都一模一样。

有一天我和她坐在阳台上，我一边玩手机一边有一搭没一搭地听她讲老家那些事儿。讲到最后，她说，燕子啊，说出来不怕你笑话，你外公没走多久，他以前同事的一个老姐姐居然找到我，说要给我再介绍一个老伴儿。她跟我说的时候很羞愧的样子，还说等那些人走后她哭了好久。我说这是好事儿啊，如果有合适的人，能再找一个也不错，互相照顾嘛。但她连忙坚决地摆手，说我这么大年龄了，怎么会再找哦？有儿有女的，我不会丢他们的脸。——怎么是丢脸呢？我无法理解她的想法，或者说我这些年一直在外面，对于家里的很多事情想得过于简单。

相对于家乡那些农村的老太婆，外婆显得过分精致与讲究，就是上了年纪，满头白发了，我还亲眼见她把头油从柜子里拿出来，小心地抹在头发上，一丝不乱。她身上总会有淡淡的香，冬天是霞飞润肤露，夏天是花露水。我小时候曾经去翻她的衣柜，偷偷喷她的香水，她发现了并没有骂我，还说，女人身上是要用点香，尤其来例假的时候。她洗的衣服也会有股淡淡的香气。这么些年她都是用手洗衣服，我常常想起她把衣服展平了铺在院门口的洗衣板上用刷子一下一下地使劲刷，连裤兜衬里都要翻出来刷得白雪。晾衣服也必定要牵着领子抖得平平展展地搭到绳子上。到晚上收下来她就一边看电视一边叠衣服，一件一件叠得平平整整的。看她慢慢悠悠地做着这些事情的时候，感觉时光会为她放缓流动。

她好像从来就是这么沉静有度，记忆中，除了跟外公偶尔拌拌嘴，跟别的人绝没有高声吵闹的时候。哪怕实在气急了，也是一句一句地讲道理。她的这种克制我却一点儿也没有遗传到。大概她的几个儿女和孙辈都更像外公，悲喜都比较明显外露，这种外放也包括在面对美食的时候。外公是生冷不忌，年轻时胃口好得很，每次他去小河沟里钓鱼，我和表哥用篮子给他送饭，要两人抬着去。但外婆非常节制，再可口的美食当前她也管得住嘴。有一天带她去公园玩，她看着一个胖胖的大姐摇晃着走过去，捂着嘴冲我笑起来。她说她年轻时最胖也就是一百来斤，还是生完舅舅之后。真难以想象，她这么瘦弱的身板，那些艰难的岁月是怎么挺过来的。

有一次聊天她忽然满怀期待地问我是不是党员——她大概不知道，现在的年轻人对于政治已经不那么感冒。我说不是，她略微失望，感叹道：看来入党还是很难啊。她说她年轻的时候曾经写过三次入党申请都被公社书记退回来，愤愤不平。

她说她一辈子最可惜的是没上过学，不识字，并因此一直对她的母亲心存芥蒂。她很小的时候，只要五升米的学费，就可以去上私学。父亲本来已经答应了送她去。但母亲不答应，报名的那天，米都量好了，被母亲发现，跟父亲大吵着，一定把米倒了回去。她说她永远记得当天的情景，说哪怕我上一两年，能认二十个字也好啊。因为后来，有工作组来村里，大概看这个小姑娘做事伶俐，愿意培养他。可因为她不识字，只好作罢。说起这些的时候，她仍然难掩巨大的失望与遗憾，说，哪怕我能写二十个字啊，二十个字，就跟着工作组走了。你看你们，读了书出来多好！

我忽然理解她为什么这么多年执守着自己的生活方式而不愿妥协了。她从来不和村里的老人家一样，坐在麻将桌里消磨时光，也从来不像她们一样跐着拖鞋穿着背心裤衩满村闲逛。虽然她也一样下地干农活，但从来没有邋里邋遢、蓬头垢面的时候。或许在她的心里，一直有一个向往而不可即的地方。我真羡慕老一辈人的单纯与执着，年轻一代漂泊者内心的荒芜与幻灭她大概是永远也想象不到的。

在她来福州的这些日子里，我尽量带着她去感受这个五光十色的都市美好，去观光游轮上看灯火辉煌的城市夜景，去各商场参观贵得令人咋舌的洋装，去广式餐厅感受食物的精致……我把这些照片发在空间里，表弟留言说，看来外婆有一颗自由的心。

有一天傍晚，我们都在厅里看电视，她又一个人坐在阳台望着远处的灯火发呆。我想起我第一次离开家到外地工作时也是这样，一有空就爱站在高楼上凝望远方的车流，看着看着会流下泪来，感觉其中某一辆或许正驶向我的家乡。外婆估计也想家了。我说外婆，你是不是想家了？她有些不好意思地笑笑，点了点头。

今朝风日好

一

外公 80 岁生日的时候,家里人商量着给他过寿。应该算是家族里最重大的日子,亲戚朋友包括一个村的乡亲差不多都来了,宴席一直摆到了隔壁刘叔家的场坝里。院子的一角搭起高高的灶台,蒸笼叠得像小山,炒菜的大锅跟炊事班的一样,需用铁铲才能翻动。上菜的年轻媳妇儿们一边帮手一边大声调笑着,每个人都笼罩在忙碌而喜气的烟火中。

要开席了,两位老人——外公外婆穿着订制的蓝绸唐装坐在堂屋当中，接受大家的祝贺。儿女们都到齐了，包括在外工作的孙辈也悉数赶回来。妈妈和姨们挨个儿上去祝寿。我虽然对于太过形式感的东西本能地抗拒，但是看到妈妈和姨们上去拥抱两个老人，仍不由自主地流下眼泪来。

和大多数中国家庭一样，我们不习惯如此亲昵的表达。哪怕我离家一年半载，回到家，如果一见面就和妈妈拥抱，也会觉得好奇怪。可是在那场寿宴上，妈妈和姨姨们很自然地去拥抱两个老人，久久不愿放开，不知道，他们在心里都预演了多少次这样紧紧的拥抱。

二

一晃七年过去了，越来越多衰老的痕迹在外公身上显现，每次接到家里的电话，都提心吊胆，生怕又是老人入院的消息。尤其最近几年，几乎每到天气变化的时候，外公就会进一趟医院。在他住院的日子里，几个姨、姨夫、舅舅、舅妈包括他的孙辈都常伴床前，轮流守候。尤其是妈妈，没有工作，陪床的时间最多。其实妈妈如果头发不定期染，也白了大半，想着她夜晚就挤在医院的躺椅上守护，心疼却无奈。远在天边，除了电话安慰，无法分担半点。她说自己倒还好，外公都那么大年龄了，陪伴的日子还能有多少呢？就是看着他老人家病痛起来，连医生都没办法，心里焦啊……然后就只听到电话里强忍的哽咽。我也不知道该如何安慰了，此时的话语真是苍白。这时候才想，人真该有点儿信仰，至少在面对这些的时候不那么束手无策，内心不那么空。

曾经某个无聊的午后，我在市中心一个广场上等人。大概看我坐了半天，旁边一个手执圣经的妇女向我走来，礼貌甚至有些谦卑地向我布道。我礼貌地拒绝，我说我还没准备好皈依宗教。她显然不是一个很好的劝导者，拿出的理由让我很反感：世界要毁灭了你不知道吗？耶稣可以拯救人类。你难道不想永生？我几乎有点嘲笑地回道：永生，宗教如果只是让人永生，那信徒就只是贪生怕死的胆小鬼。还有，永生有什么意思？永远地活着就好吗？这一世我都没把握活得理想，还让我永生，我可不想当千年老妖。此时想起来我当时的嘴脸还写满了无知与狂妄。谁也没有资格嘲弄生命。想一想，在亿万年漫长的时间黑洞里，你那几十年不过一根火柴擦亮的微光，谁不想让最后的火苗多闪几下？你可以不珍重自己的生命，可是那些与你有千丝万缕联系的人呢？至少面对外公即将离去的时候，我希望他可以永生。此时，我多么希望有宗教的光芒照耀他，至少在他心里重建起另一个永恒的世界。

三

外公年轻的时候——其实也不年轻，刚退休也 60 了吧，因为
早年在煤矿工作过的关系，有哮喘病，不敢做太费力气的活，没事
就去小河沟里钓鱼。常常到了中午也不回家，我和表哥就得给他送
饭去。舅妈用大大的搪瓷碗给他装满垒尖尖的一碗米饭，还要用饭
勺压紧紧的，再一碗菜一碗汤，放进篮子里。我和表哥两人得用一
根竹竿抬着去。送完饭也不走，就在他河沟边的草棚里玩，看他钓鱼，
一会儿工夫，几只碗就空了。我们俩再打闹着把碗收回去。那时候
他的饭量真是好得惊人，大概消化功能也好，总爱吃又脆又硬的东
西。每次到我们家，妈妈都会给他烙饼，蒸馒头，炸酥肉，又因为
他易咳嗽，还要必备一两斤薄荷糖。现在想起来，最开心的时光也
是外公外婆一年里来我们家玩的那些日子。在那些日子里，妈妈就
放下手中的活计，陪着两个老人玩好吃好。我们小孩子也可以放肆
一点儿，绝不会挨妈妈打骂，当然，等他们走了再算账的时候也不
是没有。

时光一晃就过去了，我不知道外公外婆是怎么变老的，变得这
么老，连电话里的声音都老了。去年带着孩子回去看他，外公就裹
在一件军大衣里安静地躺着，很少说话，吃得也少，连抱一抱曾孙
的劲儿都提不起来了。

我们走后没多久，他又因为肺病发作住进了医院。

之后反反复复，已经算不清这是第几次进医院了。

想打电话跟他聊聊天，可是不知道该说些什么。很害怕语言中间的空洞，很害怕安慰无法到达时的无奈。有几次梦里醒来，以为他真的离去了。妈妈说这一两天他已经不再进食，连日的便血与病痛已经把他的身体掏空了。我想象着一个健康的生命就这么凋谢与干枯，而儿女们守在一旁眼睁睁看着，却分担不了一丝痛苦。面对生死，没有经历过是无法想象，我不喜欢哭天抢地表演悲伤，但我不由得在心里预演，如果这个曾经在我生命中至关重要的人就要离去了，永远，不可逆转地离去，我该有多害怕。未来的没有他的日子或许并没有什么实质性的不同，但每次一想起，心就还是会紧一下。

四

因为在医院里住得太久，似乎都没有明显的起色，外公一直嚷着要回家去。儿女们商量下，也顺着他的意思。或许回到家空气好点，心情会放松点儿呢。于是带着氧气袋，一家人又从医院搬回到家里。

为了照料他，儿女们这一次集体住到娘家。我想这是他们离开家几十年后第一次这么长时间的相聚吧。每天都有一大家子人聚在一起吃饭，桌子围得满满的。妈妈她们几姊妹好像回到了未出嫁的时候。外公仍然只能躺在床上，很少说话，可是心情比起在医院里平复了不少，甚至开始吃下小碗地瓜粥。没有了止痛针，却奇迹般的病痛减轻了不少，连大小便也比在医院里正常。类似奇怪的状况去年也曾出现过，也是放弃治疗回到家后病情有所好转。这样的现象或许是心理作用，或许人体神奇的自愈，或许病症本身的周期循环，大家都很替他高兴，希望这样的奇迹可以长久一些。没事的时候，妈妈和姨们会抽空坐在一起聊聊天打打牌，毕竟生活还是在继续，时光还是在一成不变地往前流动。因为成年后各自分开而日渐稀薄的亲情，竟因为外公的病危重新变得浓稠起来。算一算年纪，他们各自都五十上下了，最年长的舅舅已经满头花发，孙子也上了小学，可是兄妹相聚的时候，他们聊得最多的还是他们小的时候。在那个穷得饭都吃不饱的年代，外公如何把每日的口粮省回来给最小的姨吃，自己饿得半夜起来啃地瓜。这样的故事聊一个通宵也聊不完，相对那些无聊空洞的电视剧，他们会不会觉得自己家族的故事丰富太多？

五

在这些为外公担心着急的日子里，我常常想，如果不是他的病重，我会一天往家里打几次电话吗？某日在公交车的移动电视上看到一个煽情的电视节目：请算一算你和你的亲人剩下多少天可以相伴。请来的嘉宾们一个个算完之后都沉默不语。

我没有去算能陪伴他们的天数，因为这对于我来说是一道解不开的题。我既无法放弃自己的生活回到老家陪他们，也无法要求他们晚年还要为我远徙，我能做的也许只有每日电话里拉几句家常，尽量带去一些好的消息。

懂得珍惜，算不算是一个人成熟的标志？以前总觉嫌时间太漫长，盼望着未来的一切赶快到来。可是现在，时间的刻度无比明晰，每天睡前，都禁不住提醒自己，生命又被切掉了一小段。"贪生怕死"，生命中有那么多美好的情感与牵绊，谁能不贪呢？

正当我在敲下这些略显伤感的文字的时候，妹妹发来她宝贝女儿的视频。一岁的小囡囡，还不太会走路，却毫不畏惧地向前奔着，一面对镜头就咯咯咯地傻乐。我一遍遍地回放着视频，看着看着竟看出了眼泪。

衰竭与枯萎，新生与绽放，生命既如细沙般微渺，又如宇宙般博大，如风中烛易灭，又如薪火长存。我们再不舍，再留恋，再牵绊，再拉扯，似乎都无法左右轮回与更迭。既然如此，不如在此时，眼下，好好相爱，相尊重，相扶持。既得今朝风日好，何不惜今朝？

本文写于2012年2月，其时外公正病重住院，我却遥在千里之外的福州。外公于当年3月去世，我未及看他最后一眼。那是我第一次切身感受到离别。后来我在一首诗中写到：愿故去的灵魂足够自由，可以穿越眼前的万水千山……

图书在版编目（CIP）数据

爱上一座城 / 曾建梅著 . —— 北京：中国华侨出版
社 , 2017.4
ISBN 978-7-5113-6669-6

Ⅰ . ①爱… Ⅱ . ①曾… Ⅲ . ①散文集—中国—当代
Ⅳ . ① I267

中国版本图书馆 CIP 数据核字 (2017) 第 078420 号

爱上一座城

著　　者 /	曾建梅
责任编辑 /	泰　然
责任校对 /	吕栋梁
经　　销 /	新华书店
开　　本 /	880 毫米 × 1230 毫米　1/32　印张 /8　字数 /144 千字
印　　刷 /	北京建泰印刷有限公司
版　　次 /	2017 年 6 月第 1 版　2017 年 6 月第 1 次印刷
书　　号 /	ISBN 978-7-5113-6669-6
定　　价 /	36.00 元

中国华侨出版社　北京市朝阳区静安里 26 号通成达大厦 3 层
邮编：100028
法律顾问：陈鹰律师事务所
编辑部：（010）64443056　　64443979
发行部：（010）64443051　　传真：（010）64439708
网　址：www.oveaschin.com
E-mail：oveaschin@sina.com